金福明 著

萤光

暨南大学出版社
JINAN UNIVERSITY PRESS

中国·广州

图书在版编目（CIP）数据

萤光/金福明著. —广州：暨南大学出版社，2017. 9
（萤火虫文丛）
ISBN 978 -7 -5668 -2177 -5

Ⅰ. ①萤… Ⅱ. ①金… Ⅲ. ①纪实小说—中国—当代 Ⅳ. ①I247. 5

中国版本图书馆 CIP 数据核字（2017）第 209622 号

萤光
YINGGUANG
著　者：金福明

……………………………………………………………………

出 版 人：徐义雄
策划编辑：崔军亚
责任编辑：崔军亚
责任校对：李林达
责任印制：汤慧君　周一丹

出版发行：暨南大学出版社（510630）
电　　话：总编室（8620）85221601
营销部（8620）85225284　85228291　85228292（邮购）
传　　真：（8620）85221583（办公室）　85223774（营销部）
网　　址：http：//www. jnupress. com
排　　版：广州良弓广告有限公司
印　　刷：佛山市浩文彩色印刷有限公司
开　　本：890mm ×1240mm　1/32
印　　张：7. 125
字　　数：150 千
版　　次：2017 年 9 月第 1 版
印　　次：2017 年 9 月第 1 次
定　　价：36. 00 元

俪影照

作者 20 世纪 80 年代留影

全淑珍 1991 年在秦皇岛购物中心前

沅陵县、区、社青年干部合影（前排左六为全淑珍）

作者八十寿诞和家人留影

全淑珍八十大寿和家人留影

2016 年 8 月 1 日夫妻钻石婚当天留影

2016 年春节全家福

小小流萤，在树林里，在黑沉沉暮色里，
你多么快乐地展开你的翅膀！
你在欢乐中倾注了你的心。
你不是太阳，你不是月亮，
难道你的乐趣就少了几分？
你完成了你的生存，
你点亮了你自己的灯；
你所有的都是你自己的，
你对谁也不负债蒙恩；
你仅仅服从了
你内在的力量。
你冲破了黑暗的束缚，
你微小，但你并不渺小，
因为宇宙间一切光芒，都是你的亲人。

——泰戈尔《萤火虫》

一部感人肺腑的回忆录

——读金福明老师的《萤光》(代序)

前些时日，福明君将其毕稿的回忆录《萤光》送至我处，嘱我为其核对有关史实，并对全书提些建议。我欣然允诺，因为可以先睹为快，真是求之不得的事情。于是，我收起洋洋洒洒的初稿，用了三个昼夜读完了它，很受感动，亦很受教益。在激动、钦仰之心的驱策下，有情难抑，有感要发。我已退休，反正有的是时间，这样即有了这篇文章。一孔之见，难免偏颇浅陋。然考虑我与福明兄半个多世纪的君子之交，也就放纵笔墨，大胆行文了。

一

《萤光》是一部纪实力作。它叙述的事起于20世纪30年代，而讫于今天，时间跨度八十余年。在这近一个世纪当中，神州大地发生了沧桑巨变。积贫积弱的半封建半殖民地的旧中国，经过共产党领导的革命，建立了人民当家做主的新中国。

党的十一届三中全会后，尤其是改革开放以来，社会主义祖国的日新月异，广大人民群众在中国共产党的领导下，为中华民族的伟大复兴伟业而不懈地奋斗。在亿万中华儿女汇聚的浩瀚大潮中，金福明夫妇似一滴闪亮的水珠融入其间，以其平凡而有成效的劳动，为社会主义祖国添砖加瓦，辛勤奉献。作者将自己的书名定为《萤光》，很有深意。萤火之光，虽不耀眼，虽然微弱，却也闪闪烁烁，毕竟能给人们前行的道路增添一点光亮。

金福明，从事教书育人这太阳底下最高尚的职业，退休前系沅陵一中语文组组长，中共党员，中学高级教师。其妻全淑珍，中共党员，曾先后任百货公司营业员，区、乡妇女干部，最后在沅陵县妇联供职，直至退休。《萤光》真实地记录了金全夫妻近百年的生存、繁衍、发展的历史，表现了这对伉俪忠贞不贰、相濡以沫、不离不弃、长相厮守的婚姻生活，尤其表现了他们在党的领导下，在各自的岗位上，恪尽职守、兢兢业业的奉献精神。同时也叙述了他们对子女言传身教、传承薪火的景况。家庭是社会的细胞，社会的震荡，他们定然会有相应的律动，《萤光》也记录了这对伉俪在各项运动中虽遭逢蹉跌，却能坚持操守，立定脚跟，坚信历史会作出正确的评价。

总之，这部回忆录立意高远，思想健康，它传递的是一种正能量。应该说，这是一部有益的读物，它对我们今天的人们会有一定的启迪。有鉴于此，建议大家不妨一阅《萤光》。品读它，定会有大小不一的收益。中国古代有不少“醒世”“警世”“喻世”的作品，虽良莠兼存，但大多是告诫人们要做好人、行善事的，宣扬的是“善有善报，恶有恶报”的观点。

我们姑且不去理论这些诫世观点的精华和糟粕，但《萤光》告诉我们的如何对待婚姻和家庭，如何勤勉于本职工作，如何教育下一代，如何对待逆境，如何拒恶行善等，还是很值得我们借鉴的。

二

以上我主要介绍了《萤光》产生的背景及其主题。要了解这部书的内容，且让我套用语文教师惯常做法，将此书切割成几部分作介绍。按我的标准，这部书大致可以从六个方面去把握。

第一部分，开篇至“俪影照”，主要写金全二人建立家庭的过程。人们常说，姻缘天定。机缘巧合，金全二人的婚姻就有这样的喜剧色彩。在一次庆贺亲戚小孩满十天的村宴上，母亲携出生三个半月的金福明去祝贺。席间，全淑珍的奶奶在孙女刚产下后也赶来参加了这次酒宴。在有心人凑热闹的笑谈撮合下，出生才三个半月的金福明与刚出世的全淑珍有了口头婚约。后经双方家庭首肯，又经媒妁之言，他们的婚约即被敲定。后来，福明中师毕业又考上了湖南师范学院。全淑珍小学毕业后进入沅陵女中。他们在金福明走进师范学院前走进了婚姻的殿堂。

按照人们一般的认识，二人的婚姻起初确实带有家庭包办的性质。然而到后来，待他俩明事后，这婚姻却有了质的变化。他们书来信往，且以《钢铁是怎样炼成的》为媒介，互相鼓励，这应该可以说他们步入了正式恋爱中，已经不是

"包办"所能定义的。正因为如此，新中国成立后贯彻《婚姻法》，包括金全两家亲属在内的许多青年人解除了"包办"婚约，自由找对象。而他俩的婚姻，历久弥坚。六十年，他们长相厮守，走过了铜婚、银婚、金婚，今年他们进入了"钻石婚"。书中"俪影照"一节正是他们坚实婚姻的有力见证。写到这里，笔者兴之所至，吟楹联一副，以此表示学弟、老友、同仁的心意："六十年是钻石婚，回首风风雨雨，甘苦共尝，九畹并蒂；一百载称期颐寿，凝眸子子孙孙，德才兼备，四世同堂。"楹联未斟酌平仄，谨以此联聊表愚弟的无限敬意和祝贺之情。

从"十佳选"到"露头角"是《萤光》的第二部分，它叙述的是这对伉俪于"文化大革命"前的工作及成效，交代了其长子于难产中出生。

全淑珍先被抽调搞工作队，后在乌宿公社担任妇女干部。她工作扎实，吃苦耐劳，与农民休戚与共，深受群众赞誉和领导首肯。在工作队期间荣获"十佳队员"称号。而金福明，在大学经过惊心动魄的反右派运动，走完了湖南师范学院的求学历程，1960 年被分配至沅陵一中工作。他谦虚好学，尊敬同仁，悉心钻研，关爱学生，一进入角色便在一中这片天地里崭露头角。他治理"乱班"成效显著，迅即在语文组站稳了脚跟。我是 1963 年由黔阳调回沅陵一中的，在语文组与他多年共事中，目睹了福明兄脚踏实地的工作作风，谦虚好学的钻研精神，我十分尊敬这位学长和同行。

第三部分，"大串联"至"顶逆流"，叙写这对伉俪于"文化大革命"中的经历。十年"文革"，神州大地举国震荡，这一史实如今65岁以上的人可能还记忆犹新。当时，高考停止，金福明所在的沅陵一中也“停课闹革命”。金兄先是与我和钟甄拔等人外出串联，赴韶山，上井冈，下吉安，拜谒革命圣地。后走广州，往昆明，直至中央号召返程，方始回到学校。然回校后，沅城武斗开始，且愈演愈烈。为避武斗，金与其他五人拟去外地，却被当时群众组织堵截，脱险后在当时的沅陵二中（太常）暂住，后又避祸家乡，直至解放军47军进驻学校方始返校。嗣后，却又遭无妄之灾。因与当时被清查的沅陵“516”个别成员私交甚笃，于是也被逼供。但金兄坦然面对，绝不乱咬乱攀，表现了正直与坦荡。这在当时势如暴风骤雨的严峻情势下是十分难能可贵的。后来真相大白，被清查者确实没有问题。

与金福明相较，全淑珍的遭遇却坎坷凄楚多了。当时，全淑珍是乌宿公社的一位普通妇女干部，却因为一名妇女主持正义开罪当时大权在握的人，被狠批狠斗，与大多领导一样，被游乡示众，身心受到极大的摧残，甚至产生了轻生的念头，只是念及儿女年幼，最后才未走上绝路。

金全二人都是正直本分的人，他们只知努力工作，为学生和农民服务，然而却遭逢如此厄运，好在他们还是携手挺过来了。

第四部分，从“挺腰杆”直至“调婚案”，写“文化大革命”结束后，夫妻俩出色的工作和卓有成效的业绩。

全淑珍由乌宿公社调至凉水井公社，仍担任妇女主任。她关心民众，深入农民中，组织大家致富，获得了农副产品大丰收；她为农民排忧解难，化解矛盾，挽救濒临散伙的家庭；她与农民一道修水库，破劫案，竟日奔波。在凉水井工作期间，她背烂了三个竹背篓，穿烂了三双皮草鞋，融入群众中，使自己“农民化”。因为工作实在无法分身，她在父亲去世时没去奔丧，颇受家人非议，但在群众心目中，她是一个好干部，农民视她为贴心人。后淑珍调入县妇联，她一家聚少离多的日子方始结束。

这期间，经过拨乱反正，沅陵一中步入了正常运行的轨道。金福明老师业已投入繁忙的教学中，他依旧潜心教研，谦虚谨慎，一丝不苟，关爱学生。在分校三眼桥农场劳动时，他心急火燎地将受伤学生送医救治，体现了父亲般的爱心。他还兼任了全县和地区高师函授的教学，备课严谨，讲授清晰，功底扎实，态度诚恳，深得县里和地区高函学员的赞誉。

从“尽孝心”到“献余热”是全书的第五部分。这部分主要记叙金全家庭生活，写他俩上孝母亲，下教子女的情景。

首先写经全淑珍提出将婆婆从郑州其弟处接回沅城颐养天年，侍奉于其膝下；其次叙写了他俩言传身教，以其正直、勤勉的言行影响、启迪下一代；然后叙写了金兄偕同仁游览北京的喜悦之情。这部分也涉及全淑珍的工作，即她赴天津成功解救被拐卖的妇女。最让人欣喜的是全淑珍被全国妇联表彰，还获得赴北戴河疗养的殊荣。

应该说，这一部分洋溢着浓浓的亲情，充满人性的温暖，读来让人感动。与前面几部分相较，它从另一个侧面展现了“家”的和谐，显示了夫妻二人对家庭的责任和担当。

从“桑榆晚”至结尾，是全书的第六部分，主要叙述金全退休的生活。20世纪90年代中期，全、金相继退休。然伏枥老骥仍“志在千里”。全淑珍被聘至县法院清理档案，三年多时间里，工作有条不紊，十分规范。而金福明老师则继续留任，主抓全校“中心教研组”工作。他在五年时间里，听遍了所有语文教师的课，都做了详细记录，并对每一个被听课教师都做了深刻的指点。同时现身说法，对年轻教师热心恳切地传授自己的经验，耳提面命。这些青年人都有较大的收获。他还带领部分青年教师至省内一批重点中学进行观摩和交流，对提高沅陵一中的教学质量起了很大的作用。

安享天伦之乐，深味退休之趣，参加有益而高雅的健身活动，这是此部分的另一主要内容。伉俪俩皆无不良嗜好，他们的晚年生活过得十分充实。他们饮过“古稀”酒，办过“杖朝”宴，照了全家福，看着当了教师、成了教授（博士）、做了军官的很有出息的儿女，其乐融融。他们或漫步长堤，或角逐门球，或侍弄花草，或吟咏诗赋，或与南怀瑾、《易经》为伴，或以充满正能量的影视剧为友，其晚年生活让人钦羡，令人向往。

以上是《萤光》六个部分的主要内容。作者并没有刻意去刻画人物，但从作品存真求实的叙写中，却充分显示了金福明、全淑珍二人多方面的品质，他们鲜活地生活在华夏一个偏远的县城，以其难能可贵的精神默默无闻地奉献青春和毕生的心力。金福明忠诚于人民的教育事业，一生无欲无求，二十多年一直在语文组组长的位置上，不求飞黄腾达，只考虑用自己脚踏实地而有创造性的劳动带领全组教书育人。虽然也曾遭逢蹉跌和厄运，但他无怨无悔，不改初衷。他关爱学子，潜心学问，规矩正派，一身正气。他头上除了有顶中学高级教师的帽子外，没有任何耀眼的光环，不显山，不露水，但他以自己的踏实、诚恳、一丝不苟的奉献，诠释了一个共产党员的责任和担当。他所教过的学子都铭记着他的恩泽，沅陵教育战线的人们也都视他为效法的楷模。

与金福明低调的性格不同，全淑珍则是一个大胆、有魄力、有正义感的妇女干部。她关心民众（尤其是妇女），敢于仗义执言；她深入农民中，吃苦耐劳，身先士卒，带领大家走致富之路；她忠于职守，虽辗转调徙，却落地生根，接地气，洞民情，脚踏实地，任劳任怨；她也受到了不公正待遇甚至遭游乡示众等侮辱，但始终坚持操守，坚信正义会战胜邪恶；她品节高尚，善待亲人，上侍奉老人安享晚年，下抚育三个儿女逐个成材。她身上闪烁着中国新型妇女的光辉。县里授予她“十佳工作队员”称号。全国妇联给予她褒奖，实至名归，是对这名中共党员一生建树的高度肯定与赞扬。

金全二人对婚姻忠贞，六十年长相厮守，不离不弃，相濡以沫，堪称标杆。它是《萤光》中浓墨重彩的一笔，我再一次祝贺他们钻石婚快乐、完美，祝愿他们全家安康、幸福！

三

《萤光》是一本纪实性作品，它拒绝虚构和编造。但是，这绝不意味着它无须虑及写作的技巧与方法。其实，作品在写法上也是很讲究的。作者的功力在作品中显得很突出，很别致。下面我拟从写作的角度来谈些看法。

首先，作者以第一人称展开叙述，读来亲切动人。纪实性作品，所记为真人真事，并不排斥用第三人称来写。作者选择由“我”（“我们”）来叙述自己眼见、亲历的事情，使作品显得逼真，更有亲和力。这点，是使用第三人称难以匹敌的。当然，客观地进行叙写会有较大的自由，各有所长吧。

其次，这部作品的线索清晰，布局较为恰当。初看作品，很可能难以把握其奥妙，好像一时写此，一时写彼，但稍加体味就会发现它的脉络是十分清晰的。作者以金全二人的婚姻、家庭、工作、遭遇和生活经历为主线贯穿全书，先是在主线下按两条支线分别叙写二人各自的状况，到末尾两部分，支线交叠，叙一家的经历，条清缕晰，娓娓道来，让人看到清楚明白的鲜明影像。我们在阅读中，弄清了这一主线，那么对全书的把握就不会感到茫然。同时，在这条主线管控下，所写章节皆可独立成篇，但又不游离，经主线贯之，它们又成了不可分割的整体，由此可见作者功力不凡，匠心独运。

最后，全书的表达也是值得称道的。文章的表达主要有叙述、议论及抒情等。很显然，作者于作品中主要用的是叙述（顺序）手法，他将事情首尾、过程、结局等交代得完整、精准、清楚，没有闲藤蔓枝，没有拖泥带水。

纪实作品并不排斥精当的描写。《萤光》中的描写，有时寥寥几笔，点染了气氛，铺写了场面，烘托了人物。看看“娃娃亲”一节，先是景物勾勒，渲染了欢乐的气氛；接着写快乐的小孩满十日喜酒宴场景，描写了村人的愉悦和开朗，也表现了淳朴的民风和民俗，这为表现谈笑间定下娃娃亲（姻缘天定）起到了很好的作用。再如“婚后恋”一节收尾的写景和抒情也是十分精彩的。像这样的笔墨散见在各章节里，确实为作品增色不少。

精当的议论对描写主题有神奇的点睛作用，《萤光》中有不少这样的文字。不少章节在收尾时均用了议论手法，而全书结尾部分，其议论更见精彩。还应指出，书中的议论往往和感情的抒发交织在一起。毫无疑问，相宜的议论和抒情更有效地突出了主题。

通俗平易，质朴流畅，这是《萤光》语言最显著的特色。全书似一气呵成，没有枝枝蔓蔓，像清风徐徐，清爽宜人；也像柔柔甘霖，润人心脾。同时，叙述中有时间杂一、二乡土话语，都为文章语言增色不少。

全书特点还有不少，因文章篇幅拉得太长，我就不再一一赘说了。

总之，《萤光》是一部值得一读的书，建议大家不妨拨冗一读，我相信读过后定会有不菲的收获。

我和福明兄交往已逾半个多世纪。我敬佩其为人，钦仰其严谨正派的作风，我将其引为难得的诤友。退休后，我曾填过一阙《水调歌头》邀约他“共勉黄昏”。现将此词不加修改抄录于后，以作为这篇拙文的“蛇足”收尾吧：

水调歌头

与金福明兄共勉黄昏

云麓陌生面，聚首正菊黄。钟闻朝暮畴苑，共酿芷兰香。寒暑灯挑子夜，相伴群书泛览，挥洒驭文章。也有小闲日，促膝傍轩窗。

韶华逝，心力瘁，鬓须霜。缘悭名利，赢得清影傲斜阳。半世操守笃定，无悔平生清苦，向晚岂脱缰？月朗风千里，且借净榆桑。

舒易芳

2017 年 3 月

目　录

娃娃亲

1936年农历2月16日，天气晴和，彩云飘飞，令人神清气爽。早餐后，母亲带我去胡家堉姨妈龚启香家贺喜。她喜生一子，名全必荣，当天满十日。按我们七甲坪乡俗，小孩出生十日这天要办喜酒，迎接亲朋好友来家庆贺。

一大早起床后，村子里就来了不少帮忙的人，杀鸡宰羊、烧茶煮饭，忙得不亦乐乎，一片喜气洋洋。母亲和我到姨妈家时，已是高朋满座。一进屋，认识的亲朋就非常热情地拉着母亲问长问短。一位阿姨将我抱入怀中，捏着我圆圆的脸蛋，摸摸我清秀的眉毛，看着我一身式样新颖、质地精良的装束，啧啧称赞，问我多大了。我母亲笑嘻嘻地答道："小儿今天刚满三个半月，有点儿会笑了！"众人赞不绝口。"你真有福气，生了这么个好儿郎！"母亲抿嘴直乐，心里甜滋滋的。

正当大家忙着闲聊、道贺时，姨妈的三婶走进屋里，大声对众人说："对不住，对不住，我来迟了！说来真是巧得很！今天早晨我儿媳妇为我生了个胖娃娃，是个孙女。接生婆婆在我的协助下，刚刚将孩子洗抹干净，包好包裙（当地包裹孩子的说法)，孩子已安然入睡。儿媳妇吃完鸡蛋，也休息了。我才得空匆忙赶过来。迟到了，对不住啊！……”众人一听她儿媳妇生了个千金小姐，连连祝贺：“真好！真好！”

一位阿姨瞅瞅母亲和我，又瞧瞧三婶，朗声说道：“我有一个提议！”

众人忙问：“你有什么好主意？”

“这不是天赐良缘吗？你们说，金家和全家打个亲家，不是天作之合是什么？”阿姨哈哈笑着说。

三婶是个爽快人，望着母亲和我，笑眯眯地说：“好哇！大好事呢！我赞成！哈哈哈……”

众人也七嘴八舌，纷纷表示这可是门当户对、姻缘天定。我母亲则心头暗喜，但未马上作出回应，心想，婚姻大事非同寻常，还是与家人商量后，再作答复。

宴席散后，母亲背着我回到家中，正好家人都在屋里，她便一五一十将前面提亲的事情说了个大概，让家人拿主意。家人一听是全家大小姐，大户人家的女儿，真乃“天赐良缘”呢，纷纷表示赞同，马上准备请媒人上门提亲！

正好我们内溪堉有位弹棉花的师傅姓全，名叫全国丕，是三婶他们村里的全家族人。他除了给人弹棉花、棉被外，还常给乡里人穿针引线，做月下老人。我父亲听后第三天就去找这位弹匠师傅，请他出面成全这桩儿女姻缘。弹匠听后当即点头应承下来，直说：“好姻缘！好姻缘！”于是，我家里人置办好聘礼，不几天就送到媒人家，拜托他尽早去胡家堉的全家提亲。

再说姨妈的三婶回家后，也将这件事说给家人听了，谈起我母亲龚陶香是治平乡双溪桥的名人龚启祥的妹妹，在当地也小有名气。说来都是七甲坪伍家湾的大户人家，大伙儿觉得门当户对，自己就顺口应承了这门亲事。当时只是一种“应酬”，但过后一想，内溪堉金家的确不错，那个小少爷（指我本人）看起来也不错，便征求家人的意见。小孙女的父亲全世泰，是七甲坪的名人之一。祖父全治寰是全家的台柱子。长辈们听后都表示可以考虑。所以，当前来说媒的弹匠师傅提及此事时，全家就表示可以请个算命先生看看两个小孩的生辰八字合不合，命相对不对。弹匠师傅一听这口吻就知道十有八九事成了，于是高高兴兴回到内溪堉来我家回信儿。

不久，父亲就同媒人一起找到当地一位素有盛名的算命先生，推算两个小孩的命相。（想想也是玄哪）结果命相出奇地好，不知咋的就被算出“命中有缘、天生一对”！感谢老天爷作合！（虽是迷信却成就了我的一生姻缘，不能不说是前世注定、今生有缘）二人急忙来到胡家堉全家告知此事。双方大人都欣喜异常，当即拍板定下了这桩亲事。

这男孩叫金福明，女孩叫全淑珍。一生姻缘便在这样的机缘巧合下，拉开了序幕……

赠爆竹

定亲之后，两家交往频繁。一年四季，传统节日端午、中秋，少不了你来我往，拜访探望。尤其是碰到哪家有喜事，更是必须到场，一是看望酬答，二是帮忙料理。每逢谁家有这样的大事，小孩子都特别高兴。一来可到亲戚家去看看热闹，无论红白喜事都会燃放烟花爆竹，可以有机会抢鞭子儿玩。男孩子尤其喜欢。平日里大人管得紧，不给放鞭炮，捡到未燃放的鞭子儿，可以自己去过过瘾，放一把。我小时候就特别感兴趣，有机会绝不放过！二来呢，走亲戚时，必然穿着打扮一番，肯定有新衣服穿，也是特别惬意舒心的事情！还有呢，每逢这种场合，大人就会给孩子一点儿零花钱，可以买点儿花生、甘蔗之类，吃起来令人心花怒放。

记得 1942 年，我的曾祖母病逝，我家人知道全世泰家一定会前来奔丧，便为小媳妇全淑珍做了一套特别像样的孝服，连尺码大小都非常讲究，孝巾也非常合适。那天，她一来到堂前，帮忙的人赶紧给她穿戴好，然后步入曾祖母灵柩前跪祷作揖。她是女孩子，还要“哭丧”，历数长辈生前的感人事迹与功德，她用的那些语句词儿都特别恰当中肯。到底是大户人家的孩子，从小就接受了培训。我当时看在眼里，喜在心里，虽是懵懵懂懂的年纪，但也着实为淑珍的表现而开心不已呢！

这里我要插进来说说她小时候能说会道的事。那时候，我们家乡办婚事有个风俗叫“摆迎风”。就是女方坐轿子到婆家，已经进了婆家门，而男方由二至四位小女孩端上茶盘迎接亲戚们入席。女方的小女孩向男方的小女孩提出各种问题寻求回答。小女孩说的话都是四言八句的，有个专门术语叫“讲话”。代表男方的女孩如果回答不上，送亲的人便要拒绝入席，最后，由双方的大人们解围才成。这个环节的双方答辩，常常要花费很长一段时间。淑珍小时候常常参加这种“擂台”，无论代表男方或者女方，她都能言善辩、对答如流，小小年纪就被乡里乡亲誉为“才女”。

话说那天到得灵堂来，众人见这小女孩如此动情，如此真诚，都深深感动，也为金家未来有这样一位机灵的媳妇感到高兴和羡慕。

光阴荏苒，时间一晃就到了 1945 年 8 月。这年全家喜添男丁，举家喜出望外。淑珍十岁时，她母亲生了个胖小子，取名全必达。这对她家来说是天大的喜事！十年了，只有一位千金，虽然全家人对淑珍视为掌上明珠、宠爱有加，但毕竟她是女孩子，按当时村里人的看法，将来出嫁了，谁来为全家传宗接代？全家的心病也正在于此。现在好了，必达的出生，仿佛天降麒麟，令久盼男丁的全家上下沉浸在一种说不出的巨大喜悦里，当即决定大摆筵席，好好庆贺一番！

乡里管这庆贺宴席叫“还愿”，还要请当地的著名道士前来“酬神”。喜讯传开后，各方亲朋好友纷纷前去道贺。我家听到这个消息也是高兴万分，商定要竭尽全力给全家送份“大礼”：除了一架“抬箱”（各种精美礼品）、货篮，还邀请亲友邻人帮忙各挑一担稻谷（当地叫“皮箩”，内放稻谷八十斤）。那天从内溪堉出发，锣鼓喧天、唢笛齐鸣，真个热闹非凡！单是担“皮箩”的就有上百人！稻谷有八千斤！长长的队伍来到胡家堉，前面的已经进入全家，后面的还在内溪堉外的大河边，真可谓浩浩荡荡、气势非凡！进屋时，全家亲朋一看，惊喜异常，连连叫好：“真是大家气派啊，不一样就是不一样哟！”

当时的全家的确是盛况空前，前来祝贺的人络绎不绝，门前也是车马喧腾。除了我家邀人外，淑珍的大姑丈也是大几十挑皮箩，光是稻谷就堆了三四座“小山”，其他的礼物也不胜枚举。对小孩子们来说，最开心的莫过于放爆竹了！我们家到场时，全家堂屋前的大坪里已经排满了大约四五十桌客人，堂前屋内到处响着鞭炮，浓烟滚滚。道士们唱唱跳跳，观众们欢呼喝彩，真个人声鼎沸！

我生来第一次见识这种大场面，倒也并不怯场，还暗自欢喜。最令我终生不忘的是捡鞭子儿。说实在的，这也是我有生以来第一次见到这么多炮灰和纸屑，没有燃放的小鞭子儿满地都是，让人眼馋！可惜，那天我是去做客的，眼瞅着那么多小朋友抢地上的鞭子儿，我眼馋得不行，但又不大好意思多捡、多抢，只捡到小小的一把，心里憋着，有点小小的懊恼。不知怎么回事，这却全被淑珍看见了。她虽然是个女孩子，却是个从小“天不怕地不怕，遇到老虎敢打架”的，与那些男孩子争抢起来毫不示弱，竟拾得满满一口袋，显出十分得意的样子。当她看到我那副窘态，不由得有点“怜悯”，于是趁人不注意，悄悄地把自己捡到的鞭子儿放进了我的衣袋里。我还未来得及反应，她就跑开了。那天，我穿的正好是一件刚做好不久的中山装，下面有两个大口袋，正好两边都可以放好多鞭子儿呢，真乃天助我也！

这件事已经过去几十年了，但仍然令我记忆犹新。当时的情景一直在我心里珍藏着，想想就觉得有一种特别的温暖滋味。当时，我和淑珍都不过十来岁，谈不上什么恋爱不恋爱的，但朦胧中，也多少有点欢喜的意味，因为我俩心里都清楚，我们是定了亲的，将来就是一家人哩！故而我俩十分投缘，对彼此也颇有好感。看来，娃娃亲，碰上对的人，也没什么不好。有时候，姻缘天定，就是这种情形吧。

鸿雁飞

世易时移，沧海桑田。拿当时时髦的词儿来讲就是：霹雳一声天地动，神州日月换新天。1949 年一眨眼便到了，新中国成立了，万众欢腾。新中国成立后，破旧立新，百废待举。其中有一条就是废除封建婚姻制度，实行新婚姻法。

一石激起千层浪，此事很快波及我们乡里。我弟弟金钦明因媒妁之言由父母包办，与同乡全分升家的闺女全显慈定有婚约，双方会面后宣布解除婚约。妹妹金蕙芝与梨树坪全彪之子订婚，同样，双方谈定婚约作废。全淑珍的妹妹全清珍与当地全协廷之子全化欧的婚约也宣布无效。唯独我与全淑珍的婚约，双方都未作出任何表示，成了一桩悬案。表面上风平浪静、波澜不惊，但双方心中都疑团重重，对方态度究竟怎样，一点消息也没有。我幼小的心灵也产生了疑虑，弟妹三人的婚约都解除了，我们俩的会怎么样呢？

1950 年，我高小毕业，次年，考入沅陵二中。在学校的教育、老师的培养下，我思想进步较快，1952 年加入了中国共青团组织。1953 年高中毕业，考入辰溪师范学校。此时全淑珍还在当地七甲坪中心完小上小学高年级。她家姊妹多，加之父母重男轻女，家里接连出生了两个男孩后，淑珍的家庭地位受到了严重影响。较晚才进学堂，还是她拼力争取才得到的机会。她在班里年龄较大，也很懂事，深得同学拥戴、老师器重，被选为班长。

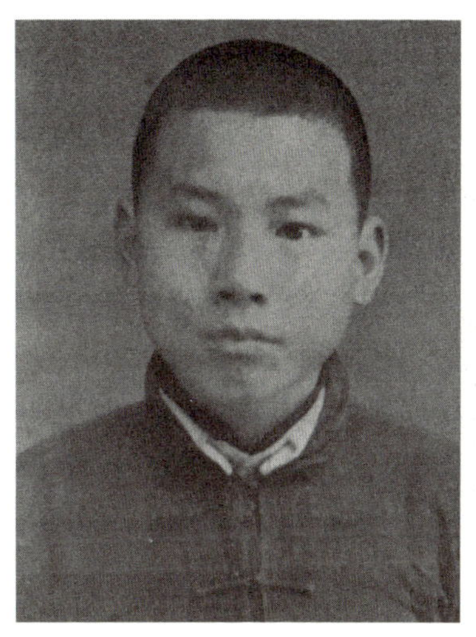
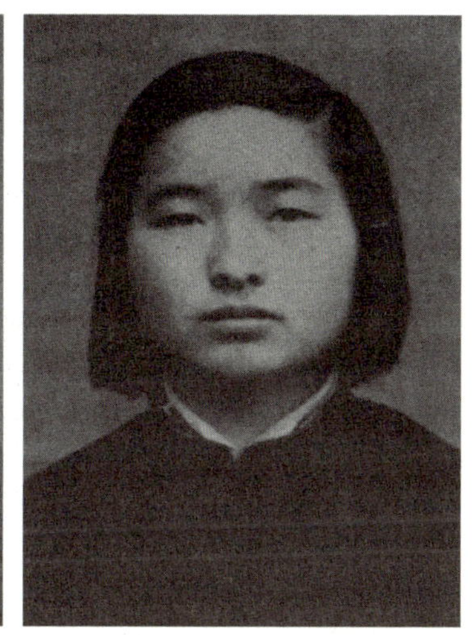

我和淑珍各自的第一张照片（分别摄于1951年和1954年）

我进辰溪师范后，学习认真刻苦，思想逐渐成熟，并且非常喜欢阅读课外书籍。后经语文老师肖建中推荐，我仔细阅读了苏联著名作家奥斯特洛夫斯基的《钢铁是怎样炼成的》一书。这部影响了中国整整一代人的外国名著，对我的影响也非同小可，小说主人公保尔·柯察金的英雄模范事迹给了我极大的心灵震撼。他的名言“人最宝贵的是生命。生命属于人只有一次，一个人的生命应当这样度过：当他回首往事的时候，不因虚度年华而悔恨，也不因碌碌无为而羞愧……”给了我无穷的智慧与力量。他的爱情经历也给予我有益的启示。读后，我身体力行，积极响应学校党团组织的号召，努力争取全面发展，做品学兼优的好学生。皇天不负有心人，很快我被评为“三好学生”，荣获学校颁发的“全面发展”奖章。不久，我被推选为辰溪县学生联合会秘书长。

有一天，我突然想到，我应该把使我受益匪浅的这部苏联小说介绍给全淑珍，让她也迅速成长起来。于是，我鼓足勇气给她写了一封热情洋溢的信，寄了过去。她收到信后，不敢私自拆开，立即交给她的班主任邓世易先生。邓老师仔细读了这封信，然后笑眯眯地对全淑珍说：“这封信写得很好！这个金福明是个人才，他将来一定会超过我们！”并问这个金福明是她的什么人。全淑珍在信任她的老师面前，老老实实将我们两人已经定了娃娃亲的事，一五一十地告诉了老师。邓老师随即将信件退回给她。淑珍反复阅读此信，受到了极大冲击，暗下决心，一定要刻苦读书，争取考上初中。经过反复考虑，她也鼓足勇气给我回了一封信。我收到后，躲在学生寝室里拆开，读了一遍又一遍。那些极富深情的话语，扣人心弦，使我陷入深深的思念之中。一对少男少女的心灵碰撞，放射出了灿烂的火花。可以毫不夸张地说，这两封来往信件让我们产生了深深的爱意，也成了我们终身爱恋的基石。可惜原件已经遗失，令人遗憾万分！

定终身

1954 年，淑珍高小毕业考上了沅陵女子中学，踏上了人生旅途的新台阶。不久，她就得到了班主任石之高老师的重视，被选为班主席，热心为同学服务，同时积极向团组织靠拢，申请入团。经过一段时间的考验，初一第一个学期，就被团组织吸收为团员，初二第一个学期又被推选为女中学生会副主席。她不仅学习成绩优异，工作也非常出色，多次代表女中学生参加沅陵县学联举办的全县学生代表大会。谁知命运多舛，就在她奋力向上，积极进取时，祸从天降。因当时家庭经济困难、营养不良，淑珍患上了黄疸型肝炎，被迫休学一年，回家养病。万幸的是，不久后，淑珍病情好转。

1956 年淑珍病愈后参加了沅陵县举行的招工考试，经过严格考核，淑珍被正式录用，并被分配到沅陵县百货公司当营业员。

1955 年暑假，我回到伍家湾内溪堉，正好淑珍也回家探亲，真乃天赐良机！我得知后征得父母同意，怀着忐忑的心情前往全家省亲。一走进胡家堉，老远就被她家的人发现，并马上报知淑珍的父母，他们闻讯后立即出门迎接。我一进门就发现淑珍略带羞涩，赶忙让座倒茶，怀着急切的心情听取我和她父母的谈话。她父母对我少不了问长问短，父母是否安好，一人在外学习是否习惯之类，我均一一作答，还略显羞涩地告知了我们家的意愿。两位老人看出我来意诚恳，便爽快地对我说："你和淑珍都这么大了，你们的事情两个人自己谈谈吧！"听了这话，多年压在我心中的一块石头终于落地了。

于是，我和淑珍便聊起了这几年的经历。她把近来的经历，特别是阅读《钢铁是怎样炼成的》的心得体会，都和我交流了一番。她特别赞同保尔的婚姻选择，我听了也颇有同感，便向她坦露了我的心意，我俩虽是父母之命、媒妁之言，但我们都是共青团员，思想也都比较开放进步，对党的婚姻制度也非常清楚。我主动明言："我们的婚约应该继续有效！"她听后满脸绯红，但连忙点头同意。我俩的终身大事就这样铁板上钉钉了，也可算是前世姻缘自身定吧！

当天，她父母留我歇一夜，我点头同意，心想还有好多话要和淑珍说说呢！晚饭后，她父母看出我俩言犹未尽，便主动提出让淑珍陪我到安排给我的房间谈谈心。真是求之不得啊，心里别提有多高兴啦！

进入房内一看，原来是淑珍往日的书房，一张大方桌，两条长板凳，旁边摆着一张大床。二人相对而坐，互诉衷肠。重点是谈人生理想。那个年代的人，都很正统。我说我读的是中等师范学校，恐怕毕业后只能当小学教师，难得有什么大出息。她听后笑了，轻声说："当老师好，为人师表！"我听后只能苦笑一下，心想，当个小学老师没多大意思。便说，我不甘心当一辈子小学老师，如有可能，我一定要竭尽全力，跳出“牢笼”，大显身手！她的眼睛里闪着熠熠的光，打量着我，也审视着我，拉着我的手，郑重地说：“你别灰心！事情是人做的，天下是自己闯出来的，我始终相信你！”我一听这温柔的鼓励话语，感到一种从未有过的温暖，也柔声说道：“你当营业员也不错，工作在城里，生活会越来越好的！”她频频点头。一条明媚的康庄大道似乎就铺在我俩的脚下，顿时，世界也是光亮的一片了……

喜盈门

对我来说，1956 年是一个吉祥如意的年头。

这年 7 月，我从辰溪师范毕业。原以为毕业后就是当小学教师了，心里是五味杂陈。当时，小学老师在社会上没有什么地位，工资也少得可怜，自己是很不情愿的。但国家政策如此，师范毕业不就是要做小学教师的吗？谁知因当年的高中毕业生满足不了高等学校的招生需求，这年全国高考扩大招生范围，国家教育部宣布，允许中专毕业学生参加全国高考！真是天大的喜讯！几乎有一半以上的辰溪师范的应届毕业生热血沸腾，决心使出浑身解数，进行人生中的尽力一搏！

我兴冲冲地与几位平时就颇有理想的好友到新华书店，买来高等学校考试大纲上规定的参考书，迅即开始了复习迎考。或许是政策使然，学校对此事倒是不闻不问。于是，我便与几个准备报考文科的好友杨兴健（辰溪县人）、夏代来（溆浦县人）等人约好一起复习，共同鼓励、互相切磋。

当时正是夏天，烈日炎炎、暑气蒸人。教室里既无风扇，更不可能有空调，实在窒闷不堪！因此，我们几个相邀到附近一座小山上的桐树林里看书学习，桐树枝繁叶茂，正好遮阳，且不时有山风吹拂，学习环境顿时大有改观！那些天，白天我们就每人带几本书、一瓶水、一点儿干粮、钢笔纸张，苦读勤记，重点难点牢牢记住，定律公式死死背熟，遇到个人解决不了的问题就一起攻克难关。我们深深知道，不经一番寒彻骨，哪得梅花扑鼻香。其实，我们这会儿的情形，倒真是“不经一番热彻骨，怎得命运展笑颜”啊！

经过几个月的日夜奋战，终于迎来了考期。我们又结伴奔赴黔阳一中（今怀化三中）参加高考。考后回到沅陵家里等待高考通知。

8 月初的一天，我同父母一起到七甲坪伍家湾大路边自家田里收割稻谷，母亲割，我和父亲脱粒，正干得汗流浃背，忽然看到一位金姓大叔手里扬着一张纸，一边嚷嚷：“录取通知书！金福明的！你祖上有德啊，考上大学啦！——邮局的人让我带给你的！”

喜从天降！我听了欢喜得一蹦三尺高，我父母早已跑到田埂边向大叔连声致谢了。他们也是喜出望外，笑得合不拢嘴。展开通知书一看，原来是湖南师范学院的录取通知，我已被录取到中文系，学期四年。

回到村里，消息四处传开，人们纷纷祝贺，叔叔伯伯、大姨婶子，脸上都挂着笑容，把我夸成了一朵花。因为我是当时我们村里新中国成立后第一个考上大学的，是个“头名状元”，也算是“金榜题名”啦！

回家途中，我一下子想到这个消息也要告诉淑珍家。他们也天天盼着这事儿能成呢！我将想法告知父母，他们连声说：

“应该应该！你明天就去全家一趟，告诉他们这个好消息！”我又马上征求父母意见，要写信告诉淑珍这个消息，并和父母商量，打算和淑珍完婚，消除她家的顾虑：我上大学了，学期四年，漫长岁月，会不会发生波折，也很难说。父母听后很是赞同，他们求之不得，早娶媳妇好抱孙子。当天我就给淑珍写信，第二天便去全家向未来的岳父岳母报告喜讯并说明打算，二老喜不自胜，连连说“好好好”。

一个星期后，淑珍就向组织请十天婚假赶回七甲坪。当时交通很不发达，从县城到七甲坪既没有公共汽车，也没有通航船只，全靠两条腿走路，来回要走六天。

三天后，她到家了。双方父母亲朋匆匆忙忙为我们操办婚事。其实也没有什么好准备的，其时，两家经济状况都不宽裕，也没有时间大操大办。记得我俩去区公所登记时，连一身新衣服也没有。我穿的就是平时穿的旧衣裤，裤腿膝盖处还打有一块补丁；她上身穿着一件白底蓝花衫，普通长裤，鞋子也是旧的。说来真是挺寒碜的，但我俩根本不在意这些，我们看重的是彼此的情投意合。

举行婚礼那天是1956年阴历八月初一。我家在堂屋门口摆了两桌酒席，她家送亲的一桌，我家亲戚一桌，五六个家常菜，薄酒略备。但酒席间，双方亲友都非常舒心满意，认为我俩是天生一对、金玉良缘。我俩也感到了一种有情人终成眷属的喜悦和幸福。

婚后恋

1956 年 8 月下旬，我与同时考上湖南师范学院的老同乡、辰溪师范同班同学邓世雄一道赴长沙求学。从蚕忙坪翻过一座大山去到桃源县三阳港深水镇，然后乘汽车抵达常德市，再乘轮船往长沙。我俩家境都不算富裕，换乘走近道可省点盘缠。再说，一纸录取通知书在手，心里是满满的喜悦和期待，哪怕翻山越岭、跋山涉水也一点儿都不在乎！

我俩走走停停，又都正值青春年华，梦想与期待，婚姻与家庭，个人与社会，一路说不完的家事国事天下事，来到岳麓山脚下时已经是五天之后，师院也正好开学啦！

接待新生的人员对我们这些从武陵山区过来的学生很热情。报到、注册等手续很快办妥，然后进入自己的宿舍。开学典礼的前一天，师兄师姐们带着我们去爬岳麓山，畅游烈士陵园。我们这些未见过世面的农村孩子简直觉得进入了人间仙境！

我到校第二天便给淑珍写了一封信，畅谈自己游岳麓山的感受，表达求知奋进的决心，鼓励她安心投入工作，不必过多牵挂我。不过，话是这么说，我自己还是时刻惦记着她的，和她在一起的甜蜜时刻时常在脑际心海翻腾，毕竟是新婚燕尔，然后便是两别离，长相思。不久就收到了她的回信，说是为我的继续深造而高兴，为我的未来而欢欣，也坦言对我的想念，有时候，竟至寝食难安。

那时，我刚入校门，课程繁多，学业负担颇重，和她通信就成了我课余生活里最惬意美好的事情了。大学四年，我们之间的通信从未间断，不知哪里有那么多话要说，那么多情意要倾诉。四年来往的信件，我那小小的皮箱底儿都塞满了。这些情书，有的我不止读一遍，只要时间允许，就悄悄地“复习”一遍，内心便柔软而充实。就这样，我们鸿雁传书，比婚前还情意深浓。可以这么说，别人是先恋爱再结婚，我们是先结婚后恋爱呢。季羡林先生说“结婚是恋爱的开始”，这话千真万确。当然，信中不只是谈情说爱，还讲许多重要的事，比如家务事，比如我的学业，两家的大小事情也是我们谈论、商量的重头戏。只可惜，这些珍贵的“婚恋史料”在“文革”期间几乎全部散失殆尽，不能不使人遗憾万分！

师院学习期间，我们也有不少相处的日子。1956 年寒假，我回家了。我去到沅陵县城她在百货公司的居所。那是二楼一间小小的居室。这个二人世界虽小，但自由、温馨、甜蜜。宿舍临街，但沉浸在相聚时光里的我们并不觉得喧闹，反而觉得这繁华与喧闹也是与我们的处境极其相宜的。

有空时，我俩就外出散步、逛街、游胜利公园（即县城的烈士陵园）。这是我们一生中最烂漫惬意的时光，我俩对所有的事情均意趣盎然，仿佛做什么事情都是喜气洋洋、心情愉快的。

淑珍那会儿是圆润的脸，修长又乌黑的眉毛，身材高挑，特别是两根黑油油的长辫子在身前背后晃动着，说起话来，语音清晰，态度爽朗，有一种独特的女性气质和美丽。

我们没有条件自己做饭，每天都要去百货公司的食堂就餐。每当此时，总有人走上前来“看个究竟”“探个虚实”：“全淑珍，你真幸运！有这么个大学生丈夫！”“你真不简单，抓住了这么个如意郎君！”这样的话，一天要演习两三遍，弄得我都不大好意思。自然，淑珍内心是喜悦的，我也是喜悦的。明知道是恭维话，但说的也是实情，便笑呵呵地谦虚一番，答谢几句。淑珍听了也多少有点得意的味道，并大方解释：“我们是青梅竹马，年幼时就订婚了。不过，这结婚，可是由我们自己做主的！”

她为什么要说这些呢？后来，她告诉我，当时他们单位有好几个小伙子在她跟前转悠，献殷勤，还不时酸溜溜地说：“你那个大学生丈夫未必看得起你这个站柜台的小营业员，你别一片深情，到时候竹篮子打水一场空！”等等。她都正色回答：“你们不要胡乱猜想！我这位姓金的绝不是朝三暮四、得陇望蜀之人！”

说来也巧，我在师院也碰到这样的情形。每逢周末，师院都有舞会。那时，师院大礼堂有一间 308 室，很宽敞。每到周六日灯火辉煌，舞曲悠悠。一对对少男少女，翩翩起舞。我班有几位同学见我经常一人待在宿舍或是教室埋头看书，便邀请我去 308 跳跳舞。我的思想却没有那么活跃，觉得妙龄青年，在舞会上拉拉扯扯，眉来眼去的，会惹出些麻烦的。加之，我来自农村，笨手笨脚，不善交际，便一再婉言谢绝。还有呢，我已经结婚了，不想有什么节外生枝的事儿发生。这事儿我也坦白向淑珍谈起过，她倒是很大方，淡淡一笑置之。

这年寒假，我俩相约回老家过新年。我按期返回七甲坪。我到家的前一天，她也回到了胡家堉娘家。她知道，要回到内溪堉的家，我肯定经过她家门前的阳关道。我也一定会先到她家看看老人再回自己家的。

过去的农历年是一年中的头等大事，农村里过大年气氛特别浓厚，屋子内外打扫得干干净净，布置得整整齐齐，每扇门上都贴上了新春对联。至于吃的东西，那也是尽最大努力准备，鸡鸭鱼肉，几乎样样齐备。

我是傍晚时分到她家的，按今天人们的说法，是踩着“饭点”到的。进屋不久就摆开餐桌，端上了美味佳肴，来迎接我这个“贵客”。她对我先到她家，大加赞扬，说我知书识礼等，我也乐得被戴上这个么个高帽子。总不能过妻子娘家门而不入吧？那不成了不知体统吗？

第二天是腊月二十八。早餐后，我俩便兴冲冲地往内溪堉赶。但我进自己家门前还会经过我二伯家门口。二伯娘梅林菊一见我俩，便乐得合不拢嘴，笑成了一朵花，忙不迭地一定要我俩先到她家歇歇脚，吃完午饭才准回自己家。盛情难却，我俩就毫不客气地坐下入席就餐。

这里，我要插说一下我家与二伯家的渊源。我二伯因病死得早，二伯娘一人养大五个孩子，历尽艰辛，每当碰到什么难关，我父母都鼎力相助，从不推诿。二伯母与我母亲亲如姊妹，几十年如一日。今天她老人家留我们吃饭，怎好推辞？饭后，我们又忙着往大伯家探望问候一番，等到回到我自己家时已是夕阳西下、暮色苍茫了。我的双亲、弟妹个个喜笑颜开，说是热烈欢迎“才子”“淑女”回家过个热闹喜庆的大年！

大年三十，浓厚的年节气氛让人心神俱爽。不怕人笑话，那种热闹场面比我们当年结婚还不知多出多少倍！不说别的，单是我俩的服装便焕然一新。淑珍上穿花缎衣，下着涤纶裤，脚蹬黄皮鞋；我则是一身卡其布中山装，脚踩牛皮鞋，和当年的新郎官、新嫁娘大不一样。二老、弟妹的装束也是非同往常。团年饭是样样齐备，自然不在话下。

第二天，大年初一。按照当地的习俗，晚辈清早起床要向父母长辈磕头拜年。我们兄弟姊妹起床后先给父母跪拜，再去伯父家行礼。然后去邻里家祝节，这叫作“大年初一拜家门”。再然后就是“初二拜老丈人”，“初三初四拜老庚”。

大年初二，我俩按乡规去胡家堉她家拜年。我是婚后第一次“走丈人”，淑珍是第一次“贺新春”，自然要准备很像样的礼品孝敬长辈才成。因此，手里大包小包的没少提，心里还想着将来条件好了，要更好地孝敬两边的老人呢！进屋前放了一挂鞭炮，又是一番礼拜和向兄弟姐妹们祝节。

新年祝节走亲戚的日子过得其乐融融，我们深切地感受到了家庭的温馨、人间的欢乐。

很快就到了再次告别家乡的时刻，内心里不免涌起许多莫名的怅惘。毕竟，这里是我们长大、相识、生活了二十多年的地方，父母兄弟姊妹，乡里乡亲朋友，门前的枣树、地里的庄稼，儿时的玩伴、乡野的山林，都是自己牵挂、留恋的所在。

我默默走向屋后的高坡，放眼望向远方。此时，冬日的最后一缕阳光静静地流泻在对面山坳里的人家与炊烟上，天边深红色与褐色交织的云彩悠闲地弥散着、变幻着，一个肩背柴火的农人背向我，走在光秃秃的田埂上。间或听见一两声鸟儿的鸣叫，还有几声断续的鞭炮声……夜幕降临了，启程就在明天。

明天，我们就又面对新的生活、新的人群了。

舐犊情

1957年7月下旬，我回家度暑假。淑珍也请假回家。岳母全百花带我和淑珍去蚕忙坪外婆家走亲戚。我们是第一次婚后去走她家亲戚，我心里有些惶恐，因为我不擅与生疏的人接触。淑珍一直给我打气，安慰我："没事儿，有我呢，保你顺顺畅畅！我外婆人最好了，脾气好，人慈善！"她小时候就常走外婆家，自然是熟门熟路，心情欢畅。我也忐忑地跟在她们母女身后走着。

外婆家在蚕忙坪河头溪大山脚下，这里偏僻落后，陈规陋习还不少，外面去的人很难适应。但我们毕竟是外婆、舅舅他们的内亲，因此见面后还是很亲切融洽的。

一进门外婆就非常亲热地问长问短。她老人家因病多年前就双目失明了，什么也看不见。我在她身边坐下后，她就抓住我的双手，手心手背摸了一遍，然后咧嘴大笑，连声说："不错不错，还真是读大学的人，皮肉细嫩，十指长长又柔软，到底是弄笔杆子的，与一干众人大大不同"！接着，又摸我的脸颊、眉毛与鼻梁骨，也是细细摸索，边摸边讲："这眉毛又细又长，额头宽阔，鼻梁高厚，脸皮细嫩……真是个好后生！将来一定大富大贵！”又转向淑珍说道：“淑珍，你命真好，碰到这么个好郎君，慧眼识人啊！祝贺祝贺！”老人家笑得合不拢嘴，我心里被说得七上八下的，还很疑惑，一时竟不知说什么好。还是淑珍解了围：“你老人家过奖了，过奖了！我们是自小定亲，两家都很了解对方，知根知底，长大了，自然走到一起的。”周围的人都笑了起来。

过后不久，我就在没有人的角落轻声问淑珍：“你外婆真不简单，是不是会算命看相?”

淑珍笑了，“不是！不是！她老人家年轻时就见多识广。一看人的眉眼、五官、手脚、脸相，就知道他（她）的优劣呢！常常说得八九不离十！哈哈哈……”她老人家很喜欢这个外孙女，竟比亲孙女还喜欢。据说淑珍小时候很逗人喜欢，长得俊俏不说，还非常活泼、机灵，能说会道，外婆经常抱着外孙女走家串户的，开心的时候又是啃小手又是亲小脸，一副很欢喜的模样。

我心想，大富大贵倒不一定，但我会一辈子对淑珍好，这是千真万确的！但话说回来，被大人们一致肯定接纳，心里还是很受用的。

歇了一晚，第二天一早，我们就行走在挂满露珠的山径中、田野里。

七月的田野，到处是成熟的早稻和挂着青翠稻穗的水稻，脚下的青草湿润而光亮。不时有几只蚱蜢在田埂上飞快地跳出，很快又害怕地窜进草丛中、稻浪里。我们一路轻快地走着，拉着家常。偶尔有几只蜻蜓翩跹而过，山雀也赶来瞧瞧路上的这几个行人，不时交头接耳几句，刹那间，叽叽喳喳地掠过山岗，进入明亮耀眼的云层里了……

回到自家，才真正安顿下来避暑度假。

一天下午，太阳偏西了，比较凉爽。淑珍、母亲、妹妹蕙芝和我在后门纳凉。母亲从后园砍了几根又粗又长的甘蔗让大家品尝。淑珍从母亲手中接过一根较粗的甘蔗，用刀削去外表粗糙的皮，砍成几节，分送给大家吃，自己也拿了一节放进嘴里，先用牙齿剥掉表皮，再吃里边的“肉”。谁知一不小心，淑珍的手指被锋利的甘蔗皮割破了一条口子，顿时鲜血流了出来！只听她大叫一声，我们都大吃一惊。母亲赶快用嘴唇吮吸了她手指上的口子，以防细菌感染。父亲闻讯赶紧从屋子壁板上找来几个老蜘蛛网，剥去外层，将里面几层洁净的网膜，小心翼翼地缠缚在淑珍的手指上。血止住了，然后用洁净的小布条把伤口紧紧扎好。一场小惊慌，转眼间风平浪静了。

虽说是件极小的插曲，但我一直记忆犹新。从我父母的举动也可看出他们对儿媳的疼爱与关心。可以说，在以后漫长的人生路上，他们一直就是这样关心爱护晚辈的。淑珍与我母亲的关系一直很好，婆媳关系亲密融洽程度实属罕见。这也是我倍感欣慰的地方。

俩影照

1958 年暑假，我放假回到我们在县城的“小安乐窝”。淑珍已经从百货公司售货员“荣升”出纳兼物资管理员，工作比以前轻松多了，我们自由活动的时间也就多了起来。逛大街、游公园、看电影，都是那几年里难得的享受。

有一天，我俩逛到中南门一家照相馆门前，望着橱窗里陈列的照片，其中还有结婚照，一下子想到我们也应该补拍一张结婚照才是。结婚那阵子学习、工作忙，“十天婚假，六天跋涉、四天蜜月”，没有顾得上这事，现在有条件了，得补上！于是，两人相视一笑，兴冲冲地走进了照相馆。

摄影师一见走进一对青年男女，就知道是照合影来了。他看到我胸前湖南师范学院的校徽，不由对我肃然起敬，忙问要照什么样式的，要不要化化妆。我们忙说，我们已经结婚几年了，不需要“加工”，只要稍微整理一下就行了。

俪影照

那天，淑珍正好穿着一件半新的上衣，白底子起花纹，蛮耀眼的，拿今天的话说，就是“很吸引眼球”吧。当时很多妙龄少女都很喜欢着此上装。下身是淡灰色长裤，脚上一双薄布鞋，蓝底红花，够鲜艳的。短发披肩、清逸秀丽。左边戴着的发夹分出了一小绺头发，不经意地别着。走路时，短发飘动，妩媚中平添几分英气。她说刚戴上那天，就有年轻男同胞打趣：“全淑珍，你头上这朵花儿好香啊！”她呢，马上呛一句：“这朵花只能远远地闻闻花香，决不允许伸手攀摘哦！”一时间，女伴们笑得前仰后合。话说回来，那天的我也很亮眼：一件灰白衬衣，时新的长裤扎在衬衣上，理了个学生头，

读湖南师范学院时于岳麓山下爱晚亭留影

虽然没有什么新花样，但是精神气十足。脚下一双黑皮鞋，乌亮亮的。整个人说不上器宇轩昂，也算潇洒英俊吧。总之，那是我们最好的年华，最好的青春，最好的岁月。

拍照完毕，摄影师问我们照片上写啥字，我脱口而出“俪影”。我们聚少离多，这张照片今后也就成为我们互相常相伴的影子啦！

不久我便回长沙学习了。一个星期后的一个傍晚，我从信箱取回一封信，拿在手上，感觉与往常不大一样，预感合影照寄到了。于是，急切地撕开封口，照片霎时露出了一角。拿出来一看，甜蜜弥漫了整个身心。还没回过神来，照片就被同宿舍的同学抢去了，你一言他一语的热闹起来：“金福明，你这个全小姐很漂亮啊！不说貌若天仙，但崔莺莺、林黛玉也不过如此吧？哈哈哈……”“你夫人真秀气！郎才女貌呀！”后来，班里同学听说我有夫妻合照，硬要我拿给他们“过过目”，终于不好推辞，就给他们看了。哪知道聂星群同学看后直说照得美，非要我送一张给她不可。她已经结婚，为人爽朗直率，丈夫是位少尉军官，大家都称她“少尉夫人”。

二十二年后与同学们在爱晚亭的重逢（作者为后排右三）

给同学看了合照后，也有一个小变化，以前周末老来拉着我去跳舞的一帮同学，再也不约我去了。真乃一件好事，免却我许多推辞的麻烦。

几十年后，这张放在照相册角落里的小照被我女儿金琼看到，一声不响地翻拍后拿到照相馆重新放大，洗了一张 24 寸的大照片，并用精美的镜框装饰起来，挂在了我家书房的墙壁上。说心里话，看到这张年轻时最心仪的照片，宛如回到了烂漫阳光的青春时代，心态也仿佛年轻了。照片上的我们，用清澈如水的眼光看着这个世界，脸上荡漾着幸福宁静的涟漪……

如今，走进书房，不经意间看到花样年华的我们，想着今天的三个儿女三个孙子，和和美美的一家人，内心就感到甜丝丝、暖融融的……

有一年夏天，淑珍二妹的女儿全海英看到照片，对我开玩笑说："大姨夫，今天看到你们的照片，才解开我心头的一个谜。我大姨怎么会看上你的？原来你不仅有才，还是一个大帅哥呀！"说得大家哄堂大笑。

十佳选

1958 年，淑珍在县百货公司人事干部科工作。具体事情不多，灵活性大，常被抽调去干一些杂务。

这年十月，县城抽人组成整风工作队。淑珍被派往凉水井公社岩板铺大队牛儿冲生产队蹲点。同去的有男有女，女同志被分派上山“打青”，即上山割青草、采树叶，弄回家后撒在田里，等树叶沤烂了就是肥料。这个队劳动力少，女同志还较多。淑珍到队里还充好汉，想到当时响亮的口号“世界不同了，男女都一样”，便要求自己男同志能做到的，女同志也一样要做到，于是就自告奋勇，带上几个女同志学犁田。还给自己鼓劲，“说一千道一万，不如自己带头干”。

牛皮吹出去了，学犁田可不是那么容易的。她和几位女同志一起向老农学上犁田了。当时，带她的是一位贫农组长，人很憨厚老实，待人实诚，见她工作肯干，又想打开工作局面，就暗暗地帮助她，想让她少受点儿累。这位组长犁田技术过硬，翻出的地松软、匀称。他对淑珍说：“你别害怕牛不听指挥，也别担心犁不好。你没犁着的地，我在后面帮你补犁。因为犁田是你犁一溜过去，我再犁一溜过来，正好互补。”他又不声不响地给淑珍驾上了一头很听话很驯服的母水牛。牛自己知道在哪里转弯，淑珍跟在牛后面，不需要特别费劲儿就能转弯调头。很快地，就犁得像模像样了，引得一阵啧啧赞叹声。

当时，有不少村民在那儿围观，这位女同志城里来的，想在短时间学会犁田，恐怕要闹笑话。于是，都在那里等着看好戏呢！没想到，她还真有两下子！大家齐声夸奖她泼辣能干，能够吃苦耐劳，是个好样的！淑珍心中暗喜，心里暖乎乎的，很感激这位萍水相逢、格外善良实诚的老农。回到县城，早有人将县里的女将在农田里的出色表现报告给领导了，领导自然十分高兴，表扬了淑珍。

1959 年 11 月，工作队集中整训，之后就下北溶“三八”大队庙棋生产队。淑珍被照顾，住在县公安局干部张大成家。有一天深夜，北溶百货公司批发部人员夜间赶制统计报表，因火桶内木炭太多而引发大火。北溶在沅江边上，风很大，火势很快蔓延，整条街烟雾弥漫，烈火熊熊。由于是深夜，人们异常惊慌，哭声喊声救火声，让人心惊肉跳。淑珍也在睡梦中被老人叫醒，立即投入救火行动。她带着群众，冒着大火，奋不顾身，抢搬财物，往后山上转移。

北溶这场大火，损失惨重，使几十户人家遭灾，烧死了一个老人和一个三岁的孩子，现场一片狼藉，惨不忍睹。淑珍忙着救火转移财物，累得满头大汗，便将外衣脱下放在路边岩石上，却忘了拿上自己仅有的那点钱粮（都放在衣服口袋里）。火灭后，再也找不着自己的钱粮和衣服了。虽说一件旧衣、一点钱粮微不足道，但她关键时刻的利他行为，还是值得称赞的。

12 月，淑珍与部分队员一起去北溶“三八”大队植树造林。山高路远、人烟稀少，加之寒风凛冽，土质坚硬，挖坑、搬运树苗都十分艰难。幸亏淑珍从小就有副好身板，且能够吃苦耐劳，否则，即便是个男子汉，也未必不觉得艰苦。

年终，县政府在沅陵县电影院召开总结表彰大会，淑珍被评为“十佳队员”，受到大会隆重表扬，并获得了物质奖励：大瓷杯一个，白毛巾一条。别小看这两样东西，在那个年代，这可算是一笔重奖啦！

淑珍摄于 1959 年 7 月

自己的工作获得组织的肯定，淑珍很开心，眉眼里都展现出一种特别的光辉与劲头。我也为她的劳动与努力获得应有的嘉奖而欢欣。在我们生活的年代，争上游、创先进是非常光荣的事情，也真有一种精神力量，促使我们不断为社会多做有益的事情。

遭诬陷

1959年，风云突变。整个湖南师院内，政治运动此起彼伏，特别是中文系、历史系，大字报铺天盖地。学院中不少著名学者专家如汉字学专家马宗霍、外国文学学者王石波被学生揪出来，天天挨批斗。学生中也互相揭发，抓住一点鸡毛蒜皮的事，大做文章，上纲上线，什么“走白专道路”、崇拜“反动学术权威”等。更有甚者，捕风捉影，无限夸大，借机整人。

当时，我们中文系有个与我同班的向某某，他是黔阳地区洪江人，自己不学无术还要拼命往上爬。为达到自己向上爬的目的，凭空捏造事实，写了一张骇人听闻的大字报，张贴在中文系学生宿舍的走廊里，标题是《把杨兴健、金福明、吴敏政、彭镇国揪出来》，说我们四人组织反动集团、图谋不轨。一时间，一些同学视我们几个为洪水猛兽，对我们退避三舍，拿异样的眼光瞧我们。

我看到大字报后吓得不轻，心想：明明啥事没有却摊上大事了！马上和他们几个一起主动向系里领导申诉冤屈。幸运的是系领导对我们并没有心存芥蒂，因为他们心中有数，我们几个虽然出身不好，但思想并不反动，也没有做出任何对国家社会不利的举动。领导中有一位是刘仁荣，他是中文系党总支委员，也是我班的团支部书记。他和我都是沅陵人，不过是从芷江师范考进来的，贴我们大字报的向某某，也是他们芷江师范来的同学。刘仁荣对此人知根知底，此人自私自利，是个鬼头鬼脑的人，自己没什么过人之处，却偏偏想出风头，经常暗算别人，一心想入团入党捞个政治资本，但几年下来还什么都不是。刘仁荣见到我，就悄悄把我拉到一边，轻声说："金福明，你莫急！也不必害怕！你的为人，家里的情况，我们都清楚。杨兴健他们几人也没有什么问题。你就放心吧，没事的！"说完，就匆匆离开了。

这颗定心丸，一下子解除了我的惶恐，我立即私底下告诉杨兴健他们几个，让他们也安心了。大家如释重负，对刘仁荣感激不尽。

由于怕淑珍担惊受怕，直到这件事化险为夷后，我才告诉她。不久，她来信责怪我，不该瞒着她什么也不说，并表示，即便我受到诬陷，被戴上了黑帽子，她也始终相信我，不会离开我的。这又给了我一颗定心丸，且这颗定心丸的分量比刘仁荣给我的还要重。说实话，在当时那种情形下，她的这句话真的让我莫名感动，精神上对我也是个极大的慰藉。这就是我们平常所说的相濡以沫、患难与共吧！心想：看来，我们的感情是经得起风浪的。

这场风波兴起之后不久便无声无息，我们几个都平安无事。经过时间的检验，我们四人没有任何历史与现行的问题，一身清白。毕业后没有几年，杨兴健升任黔阳地区教育局局长，吴敏政被任命为南县副县长，我则婉拒了担任沅陵县教育局局长或沅陵一中副校长的推荐，只愿意接任了一个语文教研组组长这一职位，我坚持任职不升迁，先后竟长达二十余年。别人或许不明所以，我却自得其乐，得其所哉！

远别离

1960年，政府号召党员群众、财贸战线干部职工下放农村锻炼。淑珍当时已经转为人事干部，商业局小组十二人便由她带队，去马底驿齐眉界林场劳动锻炼。

齐眉界山高林密，海拔一千多米。山路陡峭，曲折难行。行人上山要用脚尖着地，下山则必须脚跟先着地，否则，一旦稍有闪失，身体失去平衡，就有摔跤跌倒、滚下山去的危险。

他们十几个人弯腰曲背、手脚并用，历经千辛万苦才到达开发地。那里有两间陈旧的木房，就是他们的安身之处。男女各一间，房间里连块床板都没有，得在地上打地铺。烧水做饭则在一间临时搭建起来的草房里。他们这些在县城里生活惯了的人，陡然来到这条件艰苦的荒郊野岭，真是有苦难言。但因为他们是来劳动锻炼的，谁也不敢叫苦喊难，只好接受现实，打算强忍苦熬。

淑珍这个领队，原来是个“三门干部”，就是从“家门”到“校门”再到“工作部门”，还没有过基层锻炼的经验。所以这次锻炼对她的工作能力也是个考验。她不仅必须严格要求自己，身先士卒，还得带好工作队，耐心细致做好同去干部职工的思想工作，不能出任何纰漏。

好在她也是在农村长大的，跋山涉水、砍柴挑水都能对付，加之她一向吃苦耐劳，所以这个“头”，她可以带得起。因而她带的这个队在劳动、生活等方面还是比较先进的，常常受到农场领导的表扬。

但也碰到不少实际困难。后来，她还向我说了一件十分凶险的事。原来，有一次总场开干部会，要求她必须参加。由于她所在的新场到总场要经过一段很崎岖的小路。农场的早晨雾气弥漫，能见度很低，而且据说这当口儿丛林中经常有猛兽如虎豹等出没。临出发，一位当地的老职工（专门来指导他们开发山林的）对她说：“你走这段山路时，必须戴上篾织的大斗笠，而且无论什么情况发生都不能取下来。”淑珍忙问：“为什么一直不能摘下来？”老职工淡淡一笑没说什么。淑珍又问了一声，他还是说只管照做就行，并再三叮嘱不得有误。淑珍也不好再追问，只能硬着头皮照做不误。一路上提心吊胆，浑身汗津津的，慌忙赶到农场。

会后，回到宿舍，那个老职工告诉了她那个大斗笠为什么不能摘的原因。原来这事与一个令人毛骨悚然的故事密切相关：有一年，一大早有位赶路的戴着大斗笠的中年妇女，被一只大老虎盯上了。她没发现身后的老虎正在比画她身量的大小，看看能不能一口吞下去。这时对面山上有人看见老虎在妇女身后比画，急忙对妇女高喊：“喂！你莫取下斗笠！不能取下斗笠！”但这妇女见到有人朝她喊话，就脱掉斗笠回话。那只老虎立马纵身上前将她扑倒，一口咬住叼走了。等到人们赶过去营救，她已经被吃得只剩骨头了。听到这里，淑珍才知道老职工不明说的缘由。老职工不肯讲是怕吓着她，她就不敢走路了。现在想想，这事真假还真不好说，按说也不会完全是捕风捉影，但真要是老虎来了，一顶破斗笠，又能顶个啥事儿呢？

半年后，淑珍他们工作队被调回县城。不久，她又被调往太常村白坪大队支农。那年九月，她离开沅陵县城，到乌宿高砌头辉耀公社工作，担任那里的妇女干部。

淑珍“锻炼归来”（1960 年）

1960年7月，我从湖南师范学院毕业。8月离校，被分配到湘西黔阳地区等候安排。9月初，我和杨开伦、钟甄拔等被分配到沅陵一中任教。9月13日，我到达一中，被安排在语文组。

那天，沅陵一中校长汪荣福（南下干部）带我到语文教研组报到，让我到刘伯伦老师跟前拜师。我恭恭敬敬地给刘老师鞠了躬。坐下后，校长简单地介绍了我的情况，刘老师很高兴地收下了我这个徒弟。他当即表示，让我跟班听课，并让我接手一个班（高十七乙班），还要批改作文。我受宠若惊，万分高兴，觉得自己还是很受信任的。再说，自己也是初生牛犊不怕虎，壮着胆子就接受了任务。

当时，组里正进行“一条龙”教学，就是将语文教材上的内容分成几部分，每人上一部分。一篇课文四个班由一个人去上，老师必须轮流到不同班级授课。他们二人上课时，我堂堂去听，一节都不落下。老师的言传身教，使我获益匪浅。特别是刘伯伦老师，对我爱护有加，悉心教导，形同父子。话说一日为师，终身为父，相处十几年，我们之间的感情真是非同一般。

一入一中校门，我的工作可谓顺顺当当。但是，我们的小日子，却有些麻烦多多。一中教职工多，新来的年轻人两个人一间小房子。偏巧和我分住一块的吴下夫也是结了婚的。他爱人住在乡下，但经常来探亲。嫂子一来，我就得外出去单身宿舍搭铺。淑珍来探望，吴下夫也得外出打游击。生活还真是不方便！想想我们原来在百货公司二楼那间小小的安乐窝，真是神仙眷侣才有的居处啦！

还有，漫长的四年我在长沙求学，淑珍一直待在百货公司，我一回来，她却开始在县城郊区的几个公社四处穿梭，居无定所。生活好像与我俩捉起了迷藏，令人徒唤奈何！

渡难关

1961 年，“三年困难”时期，老百姓吃糠咽菜、苦不堪言。按照上面的要求，干部要与群众“三同”：同吃、同住、同劳动。淑珍的日子也不好过。她说，他们吃的是磨碎了的葛藤、玉米秆，和一点米粉，揉成一团，做成粑粑，勉强能够填饱肚子。而且，由于可以较好地抵挡饥饿感，这个办法得到了干部群众的一致肯定，一时间争相效仿。公社领导召开现场会，将各生产大队的干部集中到公社开大会，办学习班，推广这个过苦日子的“先进经验”，想尽办法让群众渡过难关。

有一天，家乡传来噩耗。村子里七十岁以上的老人饿死了不少。我大伯金继操，大舅父龚启祥都先后饿死。我父亲金继兴害水肿病，住在福利院，每天吃点稀糊糊艰难度日，幸免于难。写到这里，我想起屈原《离骚》中的诗句，不免眼眶湿润，口中低吟：“长太息以掩涕兮，哀民生之多艰！”呜呼哀哉！

我在一中教书，一个月配给 28 斤大米，配点杂粮，不至饿死。但工作上遇到了不少的问题。与我同组的周治平老师奉调去县委任职，他任教的初十五丁班没人上课，组织上要求我接任班主任并带班上课。同组老师告知我，该班较乱，班风很成问题。虽经周老师大力整治，但仍时不时出乱子。他们说该班有好几个同学不爱学习，经常故意捣蛋，惹是生非，上课找碴，常让老师下不来台。更有甚者，个别学生还与别班学生打架闹事。我一听，头皮有点发麻，心里也很怵。毕竟，我的工作经验不多，弄不好，就丢人现眼啦!

上任前夕，校长找我谈话，说班风“难治”，让我做好思想准备，迎难而上，勇挑重担。校长拍拍我的肩膀，鼓励我大胆工作，他会大力“撑腰”。有了这座大靠山，我差点被吓破的胆子稍稍复原，我回答说:“有您给我撑腰，我一定不负所望，勉力而为!”他笑说:“有你这句话，我就放心啦!”

从校长那里回家后，我细细思量了一番，想着把自己在师院学到的知识、理论、方法，用到班级管理中去。决定对调皮捣蛋的学生不硬干、蛮干，不让他们产生逆反心理，要“循循善诱、因势利导”来解决问题。

因此，那天一走进教室，我就对学生们说:“大家好! 从今天开始，你们的班主任我来当，你们的课我来上!”然后几步走上讲台，介绍自己:“我叫金福明（顺手在黑板上写上三个大字），我是七甲坪人，今年25岁，去年刚从湖南师范学院毕业分配到沅陵一中这所著名学府来教书。年纪轻，没经验，希望同学们多多帮助支持，共同搞好我们初十五丁班!”没想到这几句壮自己胆量、表自己心意的开场白，竟让他们一致鼓起掌来，对我表示欢迎，表示友好。

这大出我的意料，心里一下子放松多了。然后，我把经过自己精心准备、经过教研室同行指点并试讲过多次的第一堂课奉献给了这个班。讲课过程中，他们认真听讲，并没有出现上课开小差、交头接耳、兴风作浪等让我一直害怕的“插曲”。就连重点防范的几个刺儿头，也没有挑起事端，妨碍我的授课秩序。真是谢天谢地！

万事开头难。一旦迈过了这个坎儿，我发现往下走起来就顺畅多了！我还有几招对付这帮熊孩子呢！接下来，我利用自己体育方面的特长，从带领学生开展体育活动入手，建立比较亲密和谐的师生关系。课外活动时，组织学生打篮球、短跑、跳远等。因为我在湖南师院是校田径队队员，参加过省大学生运动会，是国家三级运动员。我个子较高，一米七五，还是中文系男子篮球队员。因此，带领学生锻炼时，我先做示范。他们一看我有“两下子”，不由暗生佩服，我们之间的距离也一下子拉近了。那几个调皮鬼正好特别喜欢打篮球，因此总跟着我打球、短跑、跳远，居然再也不打架闹课堂了。我因势利导，督促他们在学习上也认真努力，鼓励他们毕业后争取考上高中，有条件的还要考大学，考上好大学。

短短几个月时间，班风有了长足改观。老师们也有目共睹，颇为嘉许。皇天不负有心人，那年中考，不少学生考上高中，有的后来还考上了大学。谢欣增就是一个典型，高中毕业后考上了湖南师院外语系，毕业后在怀化师专任教，现已退休。

小风波

1961 年 5 月，淑珍被调到沅陵县乌宿公社任妇女主任。公社书记王昌寿、秘书肖长云等热情欢迎她走马上任。淑珍安顿下来后，很快就投入工作，下到大队、生产队，与社员共同劳动，农活样样在行，干部群众对她交口称赞。她与公社干部也配合得不错，关系融洽，一切顺当。两个月后，突然接到乌宿区组织部的通知，说县里为了解决她的家庭困难（指夫妻分居）调她回县城百货公司。淑珍回百货公司询问到底怎么回事，接待她的同志支支吾吾，要她莫问情由，赶快去乌宿公社办理离职手续。

淑珍听后如坠云雾之中，忙又赶回乌宿公社。公社秘书肖长云告诉她，不是调回县城百货公司，是调往郑家村公社。肖秘书是在县委组织工作会议上得到这一消息的。他感到有些蹊跷，既然是县委组织部的决定，怎么调任通知却由乌宿区组织部发出。他立即向公社王书记请示，二人一起反复琢磨，觉得其中一定藏着什么蹊跷，便决定暂时不给淑珍办什么手续，建议她借着有孕在身，回一中“养病”，并催促她及早离开公社，粮票、工资由他们负责转交。

淑珍当时怀孕了，害喜严重，经常呕吐不止，非常难受，正需要好好休息一阵子，便听从安排，回县城养病。

后经王书记、肖秘书探听了解，事情果然有猫腻。原来淑珍调动的通知是由乌宿区组织委员张某某私自发出的，既未经区委研究，也未请示县委。这位区委干部张某某利用自己手中的职权，打算把淑珍调到偏远的郑家村公社，然后把自己的老婆姚某某（原棋坪公社妇女主任）调到乌宿公社工作，谋取私人利益。身为区委干部，居然不声不响地玩了一出这样的好把戏。

后来还听说了一些他们的“轶事”，原来弄虚作假也不是这一件事情。现在回忆起这桩事情的前因后果，也是因为淑珍的调动风波，后来被证实就是这对夫妻干的又一件造假之事。

以上这些情况乌宿公社王书记、肖秘书都知晓后，便向乌宿区委书记覃寿岚同志提出，全淑珍同志不能去郑家村，我们不欢迎姚某某这样的人来我们公社工作。张某某同志太不像话，身为区委干部，竟然滥用职权，干出损人利己的事情。覃书记当即表示，接受他们的意见，全淑珍同志、姚某某同志的工作都在原地不动。

事后，覃寿岚书记电请淑珍去她的办公室谈话。淑珍一到，覃书记马上表示由于自己工作疏忽，没有把好关，造成了工作上的一些失误，请淑珍谅解。淑珍很感动，说组织对自己一直都很关心，这次也是组织为自己主持了公道。一场不大不小的调动风波就这样平息下去了。

惊惶喜

1961 年秋，淑珍留在乌宿公社继续工作，被派往太平庵大队蹲点，住在一位老尼姑的家里。尼姑只有一个侄女陪伴，比较清净。淑珍当时已经怀孕数月，行动不大方便，起居也有点困难，没有参加重体力劳动，只是给村委干部当当参谋，出出主意。但妊娠反应太大，经常恶心呕吐。公社领导非常关心，让她好好休息。一中放寒假后，我便去他们公社过春节。

1962 年 2 月 10 日（农历正月初五），我返校参加学校的教学工作会议。淑珍说过了元宵节就回一中。但没过几天，她就回来了。问她为什么提前回来了，她说想回七甲坪生小孩。回家里生孩子比较方便，免得两家人上沅陵来，除了带鸡鸭、鸡蛋不方便，住宿也是大问题。这时我已经有了自己的一间房，就是原来与吴下夫同住的那间，他已经搬进新居了。

听淑珍讲得很恳切，估计她主意已定，我心知要说服她一定不容易。因为她素来个性强，已经决定的事情很难说服她放弃，她要去哪里，九头牛也拉不回的。我听后没吱声，知道吱声也没有用，心里却盘算着搬救兵。

我们一中有几位女教师可以帮忙，不妨先试试。其中有一位许孝淑老师，淑珍在沅陵女中读书时，她教过淑珍班上的语文，她们师生关系很好，她的话，淑珍一定会听。还有肖莉青老师，年纪较大，生了五六个小孩，经验丰富，她的话，淑珍也会听。

不久，她们俩就来我家看望淑珍。一进门，许孝淑老师就大声说："全淑珍，听说你准备回七甲坪老家生孩子，这怎么行！人家农村妇女千方百计进城看医生，你却要从城里跑回去生，不行！不行！绝对不行！"

淑珍见是老师说话，低下头，默不作声。肖老师马上接着说："小全，生孩子是件大事，弄不好也是女人的鬼门关。人们常说：'儿奔生，娘奔死。'这是生死攸关的大事，你怎么往医疗卫生条件差的农村跑？出了问题怎么办？许老师说得对，你一定要听话，去不得的！"

淑珍当面只是笑着应承，也不好再说什么，她感谢了两位老师的关心，表示好好考虑一下。但分明看得出，她动摇了。我当时也未再说什么，但暗自高兴。后来大家又聊了一阵天，说说笑笑，好像忘了这事。

又过了几天，淑珍的母亲、我的岳母，还有她的二妹全清珍来到了一中，带来了不少山鸡还有鸡蛋等。她们一来，我就更放心了。淑珍自然不提要回家的话。

1963 年 2 月 28 日上午，淑珍感到不舒服，胎动剧烈。我们陪她去人民医院妇产科检查。医生发现淑珍血压升高，全身浮肿，有子痫症状，便向家属发出病危通知。我立即先回校向领导请假，赶往医院照料。下午，一中领导、老师们来看望淑珍，问长问短。淑珍的表嫂、我的远房姐姐金述桂也提着母鸡、鸡蛋来医院探视，见到淑珍的样子，竟呜呜大哭。医生见状马上劝阻，并让大家离开，好让病人好好休息。

当晚，我和岳母、清珍三人陪护在医院里，心里都很惊惶，但也毫无办法。我是既焦虑沮丧又特别心疼淑珍，漫漫长夜，尤其难熬，也深感自己的无力和无助。

1963年3月1日上午，出现异常情况。朱医生站在淑珍病床前，关注地望着淑珍，又双手抱住自己的双臂，来回走动，并交代护士随时观察淑珍的瞳孔是否放大、血压有无变化，并将我带到妇产科办公室，轻声问我："金老师，救大人，还是小孩？"

我毫不犹豫地回答："先救大人！"

朱医生又匆忙回病房看看淑珍。万幸！淑珍病情较稳定，瞳孔没有放大，血压也有所下降，便决定做引产手术。

3月2日下午两点，淑珍被推进了手术室。几位护士抬不动病人，淑珍问："福明怎么没在这里？"岳母轻声说："他就在外面，两天两夜没吃没睡了。"并帮助护士将淑珍送进手术室。注射麻药后，医生要求淑珍跟着护士一起数数，只数了几声，淑珍就睡着了。朱医生马上做引产手术。经过漫长的等待（后来别人说，时间也并不长，但对于我，实在是很漫长）婴儿顺利出生，旋即被送到了育儿室护理。淑珍则躺在病床上休息。

不久，淑珍醒了，一直站在身旁的刘医生，轻轻拉着淑珍的手，对她说："全主任，你是难产，但现在没事了。恭喜你，生了个男孩！"淑珍微微笑着，苍白的脸上洋溢着满满的幸福……谢天谢地，母子平安！

朱医生非常关心我们，吩咐淑珍要请五十天产假，好好调养。我们坚决照办。

淑珍出院后，我们夫妻俩买了点水果、提了一只母鸡到朱医生家去感谢他。一开始，他坚辞不受，说都是医生的职责，不能收受病人的礼物。淑珍眼圈儿就红了，说："你是我们母子的救命恩人，这点礼物微不足道，但的确是我们的一份心意！我们也没有什么好东西可以拿来感激您，母鸡是亲戚们从七甲坪带上来的，自家养的。您要是不收，便是嫌弃我们乡下人礼数不够重了！"

朱医生笑了："你可真会说话！看来不收都不行啦！哈哈哈……只要你们母子平安，一家人和和乐乐的，就是我们当医生的最大安慰了！"

事后想起语文组两位老师的劝阻，是多么及时多么重要！要是凭着淑珍的性子，回到乡下产子，后果真不敢想象！仿佛冥冥中有神助，我们在人生最紧要的关头，有了贵人相助，也才有了今后家庭幸福的一切啊！

这番感悟，我是一直萦怀于心、不敢稍稍忘记的！感谢你们，许老师和肖老师！谢谢您，朱医生！内心的感恩感念，一遍又一遍……我还深深感谢自己，坚持让妻子在县城生孩子，没有由着她的性子行事。上天保佑！

淑珍与小姑蕙芝留影（摄于 1962 年）

淑珍产后没几天，我母亲和妹妹蕙芝也来了沅陵县城，带来了一大竹笼母鸡、几十个鸡蛋，还有刚做好的一罐子甜酒。我那小小的房间一下子挤满了人，天天都是欢笑、都是温暖、都是满满的祝福和喜悦！我是天底下最幸福、最幸运的父亲啦！

妙手医

1964 年 4 月，长子金平已经一岁多，可以吃饭了，加点牛奶、辅食什么的就可以了，不用再吃奶了。当时，淑珍被安排在乌宿公社毛岗头生产队搞临田查看“估产”，来预计一年的产量。金平由请来的胡婆婆照看。大队书记李启生、生产队长、保管员、妇女队长等人由淑珍带领着为生产队估产。全队有 90 多亩稻田，按每亩的实际情况估计产量，限定三天时间估算完。这 90 亩田分得很散，山坡、溪边到处都有，三天估完很困难。淑珍不好将儿子带在身边，只好请胡婆婆料理。

孩子每天吃点酸菜加锅巴，喝点牛奶。肚子鼓胀，面黄肌瘦，害了干积病，大便像鸭屎。

公社领导知道后，都说要马上医治。书记王昌寿很关心，让淑珍赶快请假，带上儿子去沅陵县城医院看看病。医生检查后，开了点维生素 B_1、B_2，未安排住院治疗。孩子几乎什么也吃不下，但医院却没有给出什么可以见效的治疗方法。大人们只好干着急。

有一天下午一点左右，淑珍抱着金平，坐在一中大门口石墩上发呆。一位妇女从她身旁走过，见她愁眉苦脸，一脸茫然。走近一看她手中的孩子，就说："妹呀，你的小孩有病，得的是干积病，医院治不好的。我告诉你，这下面圣宫坪有个姓彭的妇女，会治这种病。她神得很，只要用小小的针一挑，小孩的病就好了！"

淑珍见这位妇女讲得恳切，医院又实在没有治好孩子的病，就想去试试。于是打听姓彭的怎么找。妇女说："这个不难。就在小巷子下面，你一问，都知道她家。"说罢，便走了。

淑珍不知真假，马上回来征求我的意见。我不相信姓彭的那么高明。再说，我们都是受过教育的人，医院都看不好的病，针一挑就好了，怎么可能呢？所以，我还是建议我们带着金平回医院。淑珍坚决不肯，说医院治不好的，坚持要找姓彭的阿姨看一看。我当时正有课，就说没有时间陪她去找人，要找也得等一等了。

她就一人抱着金平去了圣宫坪。

一问，果然就有人告诉她彭大姐住的地方。彭大姐看到孩子，第一句话就是："你来迟了，只能试试看。"说着，就动手用一根较长的针，挑金平左手大拇指根下部位，一下子挑出许多像鱼卵一样的小颗粒。挑后用纱布缠住，纱布中藏有一些灰色药粉，没说是什么药。大概是秘方，不肯外传。

说来也怪，两三天后，情况就有好转。再去几次，效果明显。我们自然是千恩万谢，可是送她酬金不收，送去的礼物也不接，只收点儿劳务费。

谈话间她知道我是一中的老师，就说她的女儿在一中读书，先生您是一中的老师，帮帮你们是应该的。并说她丈夫在外地工作，发有糖票，家里有红糖，要给金平一些，让我们在饭里拌点红糖，孩子吃得香一点，体力就恢复得快一些。

这时候，孩子不能吃盐，经常什么也不肯吃。当时，买糖都要糖票，很不容易买到，干部、老师根本没有糖票供给。就这样，我们带孩子看了病，彭大姐救了孩子一命，可我们不仅没有给彭大姐什么金钱财物，反而受了她的恩惠。真是非常过意不去！这些好心人真是可敬可佩！

幸福的一家子

后来，家庭条件稍微好些时，淑珍有心去感谢人家一番，却发现彭大姐已经不在圣宫坪居住了。问了附近的人家，也讲不清彭大姐到底搬到哪里去了。再后来，城市改建，数次搬迁，城里也大变样，就更难寻到信息了。

长子金平 1964 年留影

唉！生活中的这些好人，总是让人在回忆的时候，感动莫名。如今想起，还是觉得欠了人家一笔人情债啊！

但愿他们一家平安幸福！

露头角

1964 年秋，我被安排在高十九戊、己班任教，上两个班的语文课，担任十九戊班班主任。三年来，在刘伯伦等老师的教导、培育、熏陶下，我教学上有所进步。为了进一步提高我的教学水平，刘老师安排我上一节公开课，组织语文组全组老师、邀请校领导和二中、女中的语文老师前来听课、评课。

自从毕业以来，听我课的都是几个自己很熟悉的老师，现在一下子这么大的阵仗，这么多陌生的前辈、领导……一想到这些，我就止不住心慌意乱，害怕自己上不好，不仅自己丢人，还连带丢了师傅刘伯伦老师的脸面。刘老师见我惶恐胆怯的样子，朗声对我说："金福明，你大学毕业，基础不错，来到一中已经三年有余。你上的课，学生反映不错。再说，你上这堂公开课，可以先试教，大家帮你锤炼锤炼，提提意见，有什么可怕的？别人还求之不得呢！井底之蛙不见世面，窝在小天地里，才要不得啊！"

刘老师的鼓励鞭策，对我触动很大。我开始暗下决心，相信自己，认真备课试教。怕什么呢，即使失败了，也没有多大关系，从头来过便是。不是说“失败是成功之母”吗？于是选定苏轼的《石钟山记》，开始认真钻研教材、查阅相关资料，并将课文背得滚瓜烂熟。

教案写好后，交给刘老师审阅。他精心修改补充后，组织语文组几位教学经验丰富的教师一起听我试教，先后在丙、丁、己三个班试教，听一堂讲一堂，向我提出修改意见，同事们也精益求精，提出一些可以改进的细节，完善教学步骤。三次试教下来，我对教材已经非常熟悉，讲解自然也就很流畅了。

正式上讲台那天，我鼓足勇气，走进了戊班教室。学生起立，敬礼，坐下后，我开讲了：“同学们，今天我们学习宋代文学家苏轼的《石钟山记》。请大家翻开课本……”我随即在黑板正中写上课文标题。我的粉笔字写得娟秀清晰（吹一下牛皮不打紧啊）。接着带领学生高声朗读课文一遍，再让学生根据我提出的问题，边思考边再齐读一遍。真是书声琅琅，情绪饱满。接下来，我简要介绍了作者生平，写作背景，并精讲其中的重点语段，引导学生领会课文主旨与作者的情感态度。

讲到“水石相搏，声如洪钟”时，我加以渲染，让学生想想学校的钟声（那时学校上下课铃，均由敲钟师傅拉着铃绳儿，一下一下地敲打）那么清脆响亮，再让学生回顾我校对面凤凰寺的钟声，悦耳、动听，响彻全城。然后引用两句诗：“姑苏城外寒山寺，夜半钟声到客船”，加以烘托比较。引这两句诗时，我效法古人朗读时的一板一眼、变腔拖调，学生们兴趣盎然、纷纷效法，课堂气氛十分活跃……讲课中，还有提问，回答，串讲，四十多分钟的课一晃而过。下课前两分钟，我再让学生高声齐读课文，感受这篇课文的意境。此刻，那整齐、悦耳、流利的读书声，仿佛依然回荡在一中教学楼二楼的教室里，回荡在一中明媚宁静的校园里，回荡在我记忆的深处……

课后召开评议会，教师们纷纷发表意见，大多是肯定赞扬的溢美之词，也有个别老师指出了美中不足的地方。大家的评价是“讲解正确清楚，重点难点突出，板书工整简明，充分调动了学生的学习积极性”等。这堂课虽不完美，但在老师们的精心教导和培育下，我得以崭露头角，增强了我的信心，也点燃了前进道路上的心灯，更坚定了我从教的信心和热情。

老师与学生们的毕业留影（作者为前排右六，照片上有“把青春献给伟大的祖国”字样）

大串联

1966年“文革”开始，全国学生大串联，人如潮涌，车似水流。我校师生数十人也加入洪流之中。我、舒易芳、钟甄拔、舒序铸、潘绍祥……还有几个学生，每人背个背包，挎个挎包，带点钱和粮票，从天宁山出发，步行往全国各地取经探宝。我们的第一站是湘潭韶山毛泽东旧居。

十月下旬，天气已经比较寒冷，我们到达韶山冲时，那里已经挤满了人，排着整齐的队伍，依次进入。那农家小宅子就几间木房，非常简朴。走进去看见的是书桌、油灯、床铺，都是毛泽东当年用过的，使人想到毛泽东年幼时学习环境的艰苦，但他学习刻苦，白天入校就读，晚上在油灯下读书写字。

旧居前有个池塘，绿水悠悠、芳草萋萋。毛主席当年写有一首七绝《咏蛙》：

独坐池塘如虎踞，绿荫树下养精神。
春来我不先开口，虫儿哪个敢作声。

诗言志。毛泽东从小胸怀大志，关注人间不平。他看到家乡山清水秀的美景，触景生情、托物言志。

那天因韶山观者众多，住宿拥挤，我们便辗转赶往萍乡。经过萍乡，便到三湾。这是当年红军改编之地。一棵大树旁边，有一块宽阔的空地，是当年红军的训练场。不远处，有一个八角亭，两层楼，据说当年红军领导者曾在此开会，研究行军事宜。我们登上此亭，观光了一番。

不几天，我们一行就登上了革命圣地井冈山。毛主席在井冈山点燃了广大工农群众武装夺取政权的燎原之火。井冈山的道路是工农武装割据、建立和扩大根据地、以农村包围城市武装夺取政权的道路。今天，我们走在这条大道上真是心潮澎湃、兴奋异常，一路回忆过去、畅谈未来，不知不觉就登上了黄洋界。

这里有五大哨口：桐木岭在东，双八石在西，朱砂冲在南，八面山在北，黄洋界在西北。这里地势险要，左边是深谷陡崖，右边是陡峭高山。我们登上后放眼四望，感慨万千。难怪毛主席在《西江月·井冈山》词中说："敌军围困万千重，我自岿然不动！"当然首要的是胆识，其次才是地利。在黄洋界石碑前，我们拍了一张纪念照。可惜后来照相师傅没有寄给我们，甚为遗憾！

那天晚上，我们住在茨坪一间较宽敞的屋舍里，在地板上打铺。我们自己带有棉被，虽然人多挤了点，但很暖和。我们心情很激动，大家坐在铺上畅谈一路来的见闻、感受，获益匪浅，想到当年革命前辈的英勇斗争和英雄业绩，大家的眼睛里都闪烁着那个年代的人们才有的单纯、热烈、激昂的光辉，大家背诵领袖的诗词、分析国内的情势，真有点激扬文字、纵论天下的气势！

记得在这里吃的是木桶饭，即用一个大木桶盛满米饭，用餐者自己动手，吃多吃少随意，而且不收一分钱。没想到在这高山上的饭还真香！菜蔬虽不多，但大家吃得有滋有味。

从家乡来到这里，步行为主，实在有些劳累。下一站往哪里去？大家商议很久，意见有了分歧。潘绍祥、舒序铸等提出去江西瑞金；我和舒易芳、钟甄拔等则希望下吉安，去广州。各执己见，无法统一，结果分开行动：他们去瑞金，我们下广州。

名城广州，我们向往已久。到达的当天，我们就去参观孙中山纪念馆。结果来到门前，只见门口悬挂一块牌子，上书“暂停开放”。我们大失所望，只好转到烈士陵园，看着纪念碑，追思当年先驱们的革命历程，思绪万千，静默良久。然后，改道珠海，欣赏那里的海边风景。

过了两天，舒易芳突然提出要回沅陵，虽然我和钟甄拔再三挽留，他还是执意离开广州回沅陵了。我们俩不甘心就此止步，便决定上桂林、去昆明。舒走后的当晚，我们俩乘车先到柳州再转桂林。

桂林山水甲天下。果然，所到之处，风景如画。云雾缭绕中，山水相映成趣。俊秀的山峰、隐约的小镇，还有如练似的梯田。我们还去了阳朔，别有一番风味，特别是遇龙河，安静而悠长，仿佛世外桃源，令人流连忘返。但时间有限，我们匆匆经贵阳转往昆明。

我最感兴趣的是大观楼。此楼在云南市内滇池边。史载建于康熙年间，后因兵祸毁坏，又于同治八年重建。登上楼宇，抬头便见一副180字的长联，此乃见所未见，叹为观止。细细一读，五内铭感，欣喜异常。对照长联所撰，我们大饱眼福：远观山南，从昆明城四个方向，东有金马山，犹如神马昂首跃起；西为壁鸡山（又名凤凰山），恰似神鸟凤凰起舞；北有蛇山，蜿蜒而动；南有白鹤山，振翅蹁跹。再近观洲渚上的柳丝花草，感受一番“风鬟雾鬓”“苹天苇地”“翠羽丹霞”的境界，果然是景色迷人、美不胜收。我站在楼前，沉思良久、依依不舍。

虽然沿路美景摄人心魄，但出来已经一月有余，思念亲人，加之囊中羞涩，又快到年关了，我们也就无心再游山水，便挤上火车，先到怀化，然后坐汽车回到了沅陵。

逃难记

世易时移，风云变幻。1967 年 7 月 7 日，沅陵县发生武斗，全城戒严。当时，我们的儿子已经送去七甲坪，由祖母、外祖母抚养。女儿金琼刚刚出生不到一个月。我妹妹蕙芝前来帮忙料理家务。

这时，我已经搬到新居。一中老白果树（即银杏树，沅陵叫白果树）下有一栋新修的教工宿舍，平房四间。我住在第四间，靠近围墙，很是安静。淑珍他们既没有去乌宿，也没有回七甲坪，还是待在一中。我校不少教师也已经搬到校外。我、舒易芳、黄辛耕、陈吉祥等人没处可去，只好待在校内。

但一中也不安全。有许多参与武斗的学生住在一中，这里离战场“反帝楼”不远。所谓的“反帝楼”，原名福音堂，其实是洋人修的天主教堂，新中国成立后改名“反帝楼”。部分学生荷枪实弹，闹得人心惶惶、不得安宁。加之学生中有几人，因为学业上受到我们的批评管教，多少还与我们有些嫌隙，我们也担心牵连进去，不得脱身，于是就一起商议还是要去校外避避风头。

舒易芳的弟弟舒易芬在湖南师院毕业后分在湘西自治州龙山县里耶中学工作，那里比较安定，没有发生武斗。我们几人决定去他那里暂时避难，安个身。又因为担心一行人在车站上车目标太大，经不住车站的检查盘问，事先我们与司机约定，一部分人步行到苦藤铺桥头等车，然后会合一块走。

那天天蒙蒙亮，我们就悄悄找了一艘小船，从下南门偷偷渡过河，走山路去苦藤铺等汽车。赶到约定地点不久，汽车就到了，正准备上车，忽然来了一帮子人，拦住我们不让上车，将我们押往苦藤铺公社。

原来这帮人是这里的一个帮派“大联”的人，保守性质的，他们中有些人正参加城里的武斗，围攻“反帝楼”，担心我们是逃出来到外地去搬救兵的，便严加盘问。我们反复解释，我们是一中的老师，没有参加武斗，让他们不用怀疑，让我们上车。他们听了，略有放松，也就没有捆绑我们，紧张气氛有所缓和。

我们几个坐在公社门边，一见有机会逃走，便互相使眼色。黄辛耕心急，用手向外面一指，喊一声“走”，我们就撒腿往桥头奔去。公社的人持棒拿刀紧紧追赶，边追还边吆喝吼叫，情况十分危急！

忽然，桥那头也奔出一群人，也提刀带棍地将我们迎住，接过桥去。我走在后边，见追赶的人已经停止不前，便沿河的下游跑去，心里只是想：“两边都不晓得是什么人，应该跑到没有人的地方才安全！”

公社一个大汉见我逃跑，就拼命追赶。哪晓得我是短跑运动员，跑得飞快！他见根本无法追上，就放弃了。我没敢停步，一口气跑了很久，回头一看没人追来了，就赶紧奔进山脚下一座牛栏内，躲进一个乱草堆。当时，大气不敢出，差点没晕过去。

不久，天色暗下来了，我才悄悄地往河边走，将衣服脱下，顶在头上，喝了几口河水，慢慢向对岸山坡游过去。

登岸后，爬上一座山冈，是块玉米地，玉米已被摘走，玉米秆还在。我知道嫩玉米秆可以当甘蔗吃，便折上几根，剥开皮，一口一口嚼碎吃下，肚子稍微停当了一点。太累了，大热天晚上很是凉爽，不久就在玉米地边的乱草堆上睡着了。

醒后一看，天大亮了，路上也没有行人，就大步跑进河边一座碾坊，见里面没人，就蹩进角落里。

过了一会，有两位过路人来碾坊外的石墩上休息。两人谈起昨天公社发生的事情，谈到我们几个老师被抓的情形，听口气对我们的遭遇非常同情。

我一听，心头一热，便壮着胆子走出去，向他们打听一中老师的下落。他们急忙问我，你是不是一中的老师？我见他们蛮和善，就告知他们，我就是其中的一个，与另几个跑散了，并说我打算过沅江去太常村沅陵二中。

他们对我说的一切毫不怀疑，对我的处境深表同情，马上将我带到沅江边一位一中毕业的学生家里。这位学生虽然我没有直接给他上过课，但他对我有印象，他认出我来，便和当地几位一中毕业生一起，为我找到一位渔民，请他摇小渔船把我送到太常村。渔民很善良，听说我落难求助，便满口答应。

一顺百顺。我平安到达太常。但离二中尚有一段路程，便去送我去此地的一位一中学生那里避一避。学生名叫田官昌，我认识，他是高十九甲班的，舒易芳的学生。他也认识我，便招呼我到他那里住下，热情款待。还把舒易芳等人已经先到达的好消息告诉我，那天苦藤铺桥头营救他们的是几位一中的校友。当天他们就在校友家中住下，第二天校友才把他们送到二中的。他还决定自己先去二中告知已经到达那里的人。舒易芳、黄辛耕等得知情况后，就随田官昌来到他家，将我接到二中。

我们在二中教师杨珏家中住下，他是我们的好朋友，经常往来，关系密切。他爱人向德玉是一中的音乐老师。还有二中的尹叔宜，他老婆肖仲云原是女中教员，此时也已经调入一中。说起来大家都是“一家人”，条件虽然艰苦些，但畅所欲言、欢声笑语，竟然是那几年中少有的放松和欢畅的日子，大伙在一块度过的这几天，成了记忆中最愉快珍贵的剪影。可谓患难遇知己，情义暖人心啊！

在二中，我还见到了我在二中读书时的美术老师孙佑珉，和他谈起我现在的情况。他平时常去一中，知道我家住址，主动提出为我到一中送信。

一天，他从太常经过重重关卡，走到一中我家围墙外（前面我已经说起过，我住的是靠近围墙最边上的那间屋子），拍掌并呼唤：“全淑珍！全淑珍！……”终于等到墙那边有了声响和回应，便迅速告知淑珍我已经安全到达二中，让她放心，然后就匆匆走了。

淑珍闻讯，转忧为喜。那会儿，她刚生女儿金琼，还不满月。匆匆冒着酷热来二中看我。那天她戴着顶旧草帽，穿着破衣服，像个典型的农妇，走过重重关卡来到二中，一下子根本认不出来！

夫妻二人，难中相见，分外惊喜，又分外感慨。一时间热泪盈眶，一会又喜笑颜开，真乃万般心情难以尽述！

漂流记

1967 年秋，武斗逐渐平息，我和舒易芳等人从二中返校。淑珍等孩子满月后就回乌宿公社上班了，并请了一位胡姓的婆婆照看金琼。这位胡婆婆是乌宿码头口人，家离公社不远，早上来家看孩子，晚上回家去住。

淑珍走后，学校仍未复课，我就于 8 月初搭乘木排下洞庭回七甲坪了。回到家中，虽然平静无事，但一想到她们母女二人艰难度日，就牵肠挂肚、寝食难安。

8 月下旬，听说沅水风雷、永跟大联等组织又起冲突，剑拔弩张。乌宿公社好些城里来蹲点的干部，都请假回家躲躲风头。淑珍原打算由乌宿上古丈，走元古坪辗转回七甲坪的。但路途遥远，带着个婴儿，路况也不熟悉，因此作罢。

她先去一中肖师傅家住了几天，一边打听下清浪滩的船只情况。每天去中南门码头碰运气。但因形势较紧张，客船已经停航。她只好寄希望有无别的类型的船只下行了。

有一天，在中南门码头轮渡售票口，碰到在乌宿渡口售票的船工，就问他能否帮忙打听一下下行的货船消息。船工很忠厚朴实，答应为她打听情况，尽力为她找找看。

运气还真是不错！第二天，淑珍按时再去寻他，他说粮食局新仓库外有一只运食盐的船，准备下清浪滩，帮淑珍联系一下。盐船上的船工们听说一位刚生小孩的妇女在城里无法待下去，要去清浪回老家七甲坪，都很同情，愿意捎带她回家，叫她第二天凌晨五点到盐船停泊处，击掌为号。淑珍如期带着女儿、背着背篓，内装几件旧衣服、小孩尿布之类的东西，来到船边。依言击掌三声，里面也回应三声，就来了个人带她们登上盐船，躲进内舱。天下好人多，万事有机缘！两天后，淑珍母女安全抵达清浪滩。

上岸后怎么办呢？天色渐晚，得找个住所。住旅店是不行的，盘查依然很严。淑珍一下子想到 1965 年搞社教时认识一位学徒叫陈幺香，是清浪人。那阵子天天吃住在一起，关系不错，就向人打听她的情况。一找，还真找着了！陈幺香一看是全主任，便赶快迎进门让她们娘儿俩住下。

第二天一大早，淑珍便起床，随便吃了点早餐，就将背篓和不急用的衣物放在陈家，双手抱着年幼的女儿，一步步往七甲坪赶。

从清浪滩到七甲坪整整五十华里，健壮的成年人要走大半天才能到，一般人需要走整整一天。淑珍生孩子还刚刚满月，身子骨还未完全恢复正常，就要一个人双手抱着小孩，远行五十华里，谈何容易！而且还是大热天！

但是没有别的办法，请人带信去接人也很麻烦，还不安全，何况淑珍也不愿意再麻烦他人。她毅然戴上一顶宽边草帽，穿上长袖衫，抱着女儿，高一脚低一脚地艰难前行。走一段，歇一会，给小孩喂点奶。特别是从清浪出来不久，就要爬山安垭陡坡，举步维艰。这段路需要弯腰曲背攀登，她双手抱小孩，腰不能弯背不能曲，否则，小家伙呼吸会不畅。真是难上加难！

从山坡挪到山顶，差不多花了一个小时！在山顶上，母女俩休息片刻，又往山下黄家溪而去，这回是段下坡路。往上还容易掌握平衡，往下走，身前抱着个孩子，一不小心，就会倒栽葱。难为了淑珍！她硬是小心又小心，谨慎又谨慎，一步一步移，一脚一脚挪，好不容易才到溪边。

这条溪较宽，没有桥，要走石墩。每两个石墩相隔尺多远，不带东西跳跃也比较难，一不小心，就会掉进溪里。淑珍头上的汗一滴滴往下流，到了脸颊边，已经是湿漉漉的一大片，只好蹲在一块石墩上，把头低下在孩子的襁褓边上蹭干净，省得碍着眼睛、碍着观察前面的路。

溪水哗哗直流，烈日当头暴晒，看不见一个人影，桥那头的水田边，几棵枝叶茂密的大树以及大树下的树荫，是淑珍这会子最向往的地方。她不由屏住一口气，脚下暗暗使劲，跨一步，停一下，再跨再停，终于奔到了对岸。

来到树荫下，抬眼望去，明晃晃的一片，鸣蝉噪得整个山谷都是此起彼伏的声响。自己是满身大汗淋漓，孩子也憋得满脸通红，好在还在美美地睡着，并不哭闹，偶尔还咂巴咂巴小嘴，仿佛挺享受这种跳跃与远行的味道。淑珍看着也觉得很是安慰。走到这里，她已经安心多了，最困难的路程都已经抛在身后了，身子似乎也轻松了许多！

休息一阵子，又继续前进。不久来到了当地人称的“打岩坡”。当地有句俗话，叫“打岩坡呀打岩坡，青天白日鬼唱歌”。说的就是，鬼见愁，难爬得很！它虽然坡度不大，比安垭要平缓，但树木林立，阴森森的，不时有野兽出没，比较险恶。行人每至此，都胆战心惊，恨不能插翅飞过去！

淑珍素来胆大，前面说过，她是“天不怕地不怕，老虎来了打一架”的角色。这点险恶也难不倒她。她走得更快更迅疾了。三步并着两步走，不久就登上了山岭，到了石坪界。说来有点奇怪，这石坪界虽是山冈，但地势较平缓，不少农田分布左右，路也宽敞了许多，偶尔还能见一两个行人。淑珍的心也就更安稳了。

这样且行且停，下午三点多钟就到了刘三垭，下面就是百坡，直通龚家桥。再走出去不远，就到了七甲坪。一转弯，经马王界，大约五点钟就到了她娘家胡家堉了。谢天谢地，安全“回府”！

第二天，我岳母便去陈幺香家取了背篓回家。几天后，岳母送淑珍和孩子回到了内溪堉我家。我是 7 月底回家的，儿子金平已经四岁多，一直在祖父母、外公外婆身边长大，壮实健康、活泼机灵，个头也较高。这与他吃了很多高钙奶粉有关，小时候由于害了那场大病，身体弱，我们夫妻俩就省吃俭用，留着钱给他买奶粉补充营养。这小子后来长到了一米八二，不能不说与小时候的特殊照顾有关。老二与老三，就没有这样特殊的待遇了！也正因为此，个子没法与哥哥相比。

淑珍一进家门，金平就认出是自己的母亲，便跨上前去抱住淑珍。我母亲则马上接过金琼抱着。还没完全安顿下来，听到淑珍回来的消息，我伯母、堂兄堂弟、嫂嫂妹妹等亲朋好友便塞满了一屋子，都来看看她们娘儿俩。大家你一言我一语的，问长问短。看到婴儿长得胖嘟嘟的，面色红润、眉清目秀，齐声赞扬。一大家子人，围坐在一起，别提多高兴了！我深深体悟到了太平日子里老百姓的欢快和乐。难怪人们常说“宁为太平犬，不做乱离人”！

遭劫难

1967年9月初，我们一家团聚，和和乐乐。我在家中陪金平玩耍，抱金琼走走，没有什么事做。加之淑珍在家，家务事几乎用不着我插手。

当时秋收已经结束，稻田已空。其中不少是腊水田，一年四季都有水，里面泥鳅、黄鳝都不少，有的还养了鱼。我和住在家对面的梅世宽从小就爱一起捉泥鳅，这时他从桐车坪逃难到内溪堉老家。我们便相邀“重操旧业”，带着捕捉泥鳅的渔具（当地人叫“虾耙”）下田捕捉。不久就有不少泥鳅被捉住，关在竹篓子里，活蹦乱跳的。一会便弄个斤把半斤的，带回家中，烹炒煎煮皆宜，加上几个日常菜蔬，便是一顿丰盛的“家宴”。这是我从小过惯的农家生活，别有一番风味。

谁知好景不长。9月中旬的一个下午，一伙造反派带着棍棒，闯进我的家中，而我和淑珍正好带着孩子去了岳母家。因我家是富农身份，属于清查对象，我们对此类所谓的“革命行动”也见惯不怪，因此也没有过多惊慌。他们将我的父母、妹妹赶到屋外，开始翻箱倒柜，到处搜寻。具体要找什么，根本讲不清。

这伙人爬上我家楼房，将我妹妹蕙芝藏在那里的皮箱打开，有用之物悉数拿走；又跑到我和淑珍的房间，也翻得乱七八糟，我的一件旧中山装上衣，挂在板壁上的钱包（内有粮票100斤、现金数十元）也被他们拿走。还有从井冈山带回来的一根军用皮带，也被他们顺手牵羊了。

这伙造反派与旧社会的土匪没什么两样，横行乡里，打砸抢抄、无恶不作。对他们的无耻行径，家人恨之入骨，但因为身份特殊，也是敢怒不敢言。

第二天，我和淑珍听说被抄家，赶紧跑回家，都被气得说不出话来。心想：他们无法无天，为非作歹，成何体统！

淑珍个性刚硬，气愤不过，跑到七甲坪造反派司令部讨说法，说："我家虽是富农，但我和福明都在为国家工作，有什么罪过？为什么要把我家的钱粮财物都抄走？"那个司令部有一位小头目嬉皮笑脸地对淑珍说："他们没文化，大老粗，不懂政策，请你原谅！粮票没看见，衣服在这里。"说着，将那件中山装退回给淑珍。

事后一打听，原来抄我家的造反派是几个社会上的无赖、流氓无产者，平时游手好闲、好吃懒做。趁着运动，混进革命队伍，妄想借机捞一把。他们得知我和淑珍都是拿国家工资的，心想一定有油水可捞，可以发笔横财，便平白无故冲进我家清查。其中有一位邓某某，是七甲坪一带知名的"打手"。在我家搜得的粮票就是他主张私分的，确实没有交给造反派司令部。

大转机

1968 年 9 月，解放军 47 军进驻沅陵，武斗基本平息，颁布通告，要求国家机关干部职工、学校师生员工回原单位正常上班上学。沅陵一中师生纷纷“复课闹革命”，公社干部也相继回单位工作。我和淑珍母女，梅世宽一家三口，从内溪垳赶往沅陵县城。梅世宽的妻子是沅陵城东黄草尾人，家有住房，便回家安住。我们一家三口住进了一中的宿舍。不几天，梅世宽回桐车坪公社上班，淑珍也回了乌宿公社。女儿依旧由胡婆婆照看。

我回校后，学校复课了，教师得进教室上课。但遇到一个难题，旧教材已经被废除，特别是语文教材，因为里面“封资修”的内容太多不让用。数理化好些，教材虽旧点，但定理公式没变，教师们比较好处理。当时，语文组老组长刘伯伦已经被揪出来靠边站。因为我是共青团员，又是大学毕业生，就被临时指定抓语文组的教学工作。

领导既然信任，我也就责无旁贷，便大着胆子，发动群众，在组里进行了一番讨论，群策群力，各抒己见。不少人提出教毛主席著作，讲鲁迅作品。此说有理，但篇目有限。毛主席著作中的“老三篇”等已经被政治组取用，我们不好照搬。我突发奇想，觉得毛主席诗词是最适宜的教材，那时毛主席的诗词已经公开发表不少，我一发言，大伙齐表赞同，会上一致通过：语文课教毛主席诗词。

毛主席诗词当时已经发表了共27首，选哪些呢？初高中怎么分讲呢？大家动动脑筋、出出主意，根据学生的年龄、程度，先浅后深，由各年级组自己确定。我当时被安排在初二的十五戊班，任戊班班主任，教戊、己两个班的语文课。我们初中部确定先教《七律·长征》《西江月·井冈山》《七绝·为女民兵题照》等篇目，高中部上《沁园春·长沙》《卜算子·咏梅》等篇目。

教材解决了，教法呢，大家各显身手。我决定第一课讲《七律·长征》。这首诗初中生一般能读会背，在词句上不必下大气力。在内容方面、写作方法上可以大做文章。于是，我在讲“金沙水拍云崖暖，大渡桥横铁索寒”两句时，让学生找到当年红军巧渡金沙江、强渡大渡河的故事书，做好在班上讲故事的准备，注意渲染红军的伟大形象和乐观精神。我自己抓住中间四句讲对偶的运用，给学生一些对联方面的知识，如平仄、对仗、韵律等。同时，还着重讲了诗词在炼字炼句上的功夫，一字不苟，字斟句酌，如“拍”“腾”“走”“寒”“暖”等字的选用、锤炼。各位教员讲完课后，我就将大家的讲稿加以整理修正，编辑成册，印刷留存。

同学少年，风华正茂（作者位于后排左四）

忍辱难

1968 年，解放军 47 军进驻沅陵“支左”，武斗被制止。但树欲静而风不止。一时间，沅陵本地的武装组织活动起来，开进各机关单位主持工作，大搞“斗、批、改”和“清理阶级队伍”运动，农村各区社武装部干部，带领基干民兵登上宝座，行使领导权，发号施令、大施权威。

乌宿公社武装部长张某某成了公社第一把手，组织基干民兵大批大斗，将区委书记刘早云、副书记彭光友、公社书记王昌寿、管委会主任石家和等五花大绑，让他们头顶高帽、胸前挂一块木牌，上书“走资派”（走资本主义道路当权派）三个字，在乌宿大队游街示众，边行进边高呼口号，震天动地。其中还有一位被批斗的干部，竟然是公社妇女主任全淑珍，是我的妻子！也走在这群挨批斗的走资派中间！我们万万没有想到这样的厄运竟然降临到我们的头上！真是羞辱，愤懑无处伸张，命运似乎张开了血盆大口，要将我们摧毁！

其实，淑珍在公社仅仅是个小干部，“小萝卜头”，本来运动也牵扯不到她的头上。可为什么她也会被游街示众呢？说来话长，事出有因。淑珍去乌宿任职前，现在的执政者张某某，看上一位相貌端庄的李姓女子，张嬉皮笑脸地对这位李姓女子进行纠缠，献媚取宠，百般讨好，但一直未能得逞。一天，张某某趁李氏丈夫外出，便闯入她家，欲行不轨。那天李氏正在家中筛米（即将刚打好的米除去其中的糠壳儿等杂物），张某某从她身后抱住她，李氏动弹不得，大声呼喊："别这样！别这样！"

说来凑巧，那会儿正好有几个人从李氏门前经过，看到这种情形不敢作声，也不敢干涉。他们认出这位抱人者就是公社的武装部长，惹不起的，只好装作什么也没看见，匆匆走开了。事后不久，淑珍来此大队了解妇女工作，有村民就悄悄地跟她说了这事儿。

有一天，乌宿公社召开全体干部组织工作生活会，开展批评与自我批评，互相提意见、帮助同志改进工作作风。在会上，心直口快的淑珍针对张某某的错误行为，善意进行提醒批评。张某某在会上没作任何申辩与解释，但心中非常不满。会后对淑珍说："全淑珍，你有意见平时不跟我交流，当众出我的丑，使我颜面扫地，你等着！"

如今，趁着运动的机会，他心生一计，利用手中的权力将淑珍捆绑起来，游街示众。可是淑珍不是当权派，扣个什么帽子呢？他处心积虑，最后居然扣了个"石家和的忠实走狗"的帽子给淑珍！"走狗"这个词深深地刺痛了淑珍的心。"走狗"，对上奴颜婢膝，摇尾乞怜；对下作威作福，盛气凌人，多卑劣的称谓！

这一招真是狠毒！刺得淑珍痛不欲生、义愤满腔！大家知道，淑珍是个刚性之人，受此奇耻大辱，哪堪承受？事后她告诉我，受此折磨，她几乎崩溃，甚至想到投河自尽。但转念一想，自己出身不好，但从未干过亏心事，工作上兢兢业业，生活上艰苦朴素。要是我这么不明不白地死了，群众会怎么想？说我是石家和的忠实走狗，我倒要看看到底是怎么回事！我不能死，我要堂堂正正地活下去，要讨回个公正的说法！

她后来又回忆说，我当时想到，我死了金琼怎么办？她还这么小！你怎么办？我怎么也不能死！就算我干部当不成了，回七甲坪我也不怕，有手有脚，可以种地耕田。我有儿有女，还有你金福明，不怕活不了命！我要想办法澄清事实，要讨回公道、惩治恶人！

就这样，靠着一种本能的信念和刚强，淑珍又闯过了一道鬼门关！

顶逆流

1969 年，工宣队进驻沅陵一中组织斗批改。1971 年，“五一六兵团”被列为清查对象。这个兵团的负责人是王鸿钧、陈吉祥、陈亚中、陈超人等。他们是一中语文教师，联合其他几位老师一起成立了这个组织，其命名是为纪念五一六通知的发表。因为写了几篇有影响的大字报，“五一六兵团”当时声势很大，影响全城。清查工作队进驻一中后，展开了对“五一六兵团”全面清查，到处搜集材料，发动群众“揭露”他们与北京的联系。

因为刚好这个时候，北京的“五一六”组织被定为反革命组织。有人乘机写揭发材料，指认舒易芳曾去过北京，因此怀疑其与北京“五一六”可能有挂钩，一定带回不少反动传单。于是，就开始将舒易芳等人定为反革命分子加以清查。当时，县公安局人保组都介入了调查。

我平时与同教研室的王鸿钧、舒易芳等关系很好，来往也很密切，运动中对他们的一些言论表示过赞同。于是在运动中，工宣队和当时学校的领导认为我是“知情人”，多次动员我站出来揭露他们的“罪行”，每天要我交一份检举材料，并派廖时鹏、龚业华、李本煜三名共产党员监督我写材料，要我揭发舒易芳在北京的罪恶活动，交出舒易芳给我的反动材料。

我被迫无奈，便将舒易芳从北京回校后对我说的事和送给我的书籍写进了材料。材料中说，舒易芳对我说，他去北京是为了看望自己的大姐，根本不知道什么“五一六”司令部，也没有任何传单。他告诉我，他到北京只听了郭兰英唱歌，因为郭兰英到他姐姐单位慰问。他还在街头买了几本毛主席著作，如《在延安文艺座谈会上的讲话》等。

我将材料交给廖时鹏转交给校领导，他们一看，大发雷霆，说我包庇舒易芳等人，是他们的同伙，并说我出身反动家庭，与他们一个鼻孔出气，认定我也是“五一六”分子，将我隔离，逼我反省。我有口难辩、有理难申。我与舒易芳他们接近，有些观点相同，但我绝没有参加他们的“五一六兵团”。我当时和黄辛耕参加是的高二十四甲班张灵找他们组织的“驱虎豹战斗队”。我是该班的班主任兼语文老师，黄是体育老师。“驱虎豹战斗队”是学生中的一个群众组织，投入了当时开展的一些批斗活动而已。

廖时鹏他们天天叫我交材料，三人轮流找我。我也就天天交材料，天天是那几句老话，还是两件事，一件是听郭兰英唱歌；一件是买毛主席著作。别的是真的什么也没有。我当时想，自己一没参加“五一六兵团”，二没参加他们的任何活动，他们不能把我怎么样，“反革命”的帽子怎么也不会戴到我的头上，其奈我何？昧良心的话我是坚决不说的。我站得稳，行得正，人不能不讲良心，为了保全自己，干伤天害理的事情，乘人之危，落井下石。那种天理不容的事，坚决不干。再者，舒易芳他们是我的老同事、老朋友、知心挚友，在武斗中我们同舟共济、患难与共，他们的为人、行事，本人一清二楚，堂堂正正、光明磊落，何罪之有呢？即使自己同遭诬陷，蒙受不白之冤，也该有难同当。主意已定，绝不动摇！说实话，那时候，丈夫气还是十足的，心里憋着一股气，觉得世事总不能一直都是这样颠倒黑白、混乱不堪吧？

果然，事后查证，舒易芳等人与北京的“五一六”组织没有任何瓜葛，只是组织名称偶合。舒易芳说，这个组织取“五一六”之名，是从中央五一六通知来的，但是并不知道北京有个同名的“五一六”组织。历史证明，舒易芳等人什么问题也没有。没过多久，他们都“解放”了，安然回到一中。过了几年，舒易芳便被任命为沅陵一中校长，王鸿钧为沅陵七中校长，如今，两人都快八十岁了，活得很健康如意。

作者（82 岁，右）与舒易芳老师（78 岁，左）摄于 2016 年重阳节

挺腰杆

1970年4月，淑珍由乌宿公社调到凉水井公社工作。这里离县城较远，距离一中有个把小时的路程。淑珍刚生完第三个孩子金安才四个月，身体恢复得还不是很好。乌宿的保姆家里离不开，不能跟着淑珍一起到凉水井公社去。我们在万般无奈的情况下，想到一个权宜之计，求助我的姐姐金经芝。她有一个大女儿，名字叫张凡娥，那年已经十六七岁了。我们写信给姐姐、姐夫，求他们让外甥女凡娥来帮忙带表弟。姐姐、姐夫二话没说，同意女儿来县城帮我们带孩子。

就这样，淑珍要下工作队，凡娥亦随之来到凉水井沃溪大队蹲点，被安排在一位村民家里住。这个大队有六个生产队，比较分散，淑珍每天要到处奔走，晚上还要照看小孩，非常吃力，忙得身上只剩下几根筋。社员一见她就议论纷纷，说这样的干部要她下来有什么用，细皮嫩肉、弱不禁风的，真是“作孽”（可怜的意思）！

淑珍听说这些风言风语后，心里很不是滋味。心想，自己是农村出身，那些农活哪一样不会干？什么耕田打耙、插秧打谷，样样都内行，只是没有上山挖葛、烧炭了。你们小看人！到时候试试看！说实在的，这些活儿，她确是样样行。前几年在乌宿公社时，经常与社员一起劳动，只是近来确实劳累了些，精神、体质明显虚弱了而已。

有一天村委会召开社员大会，研究春耕生产的安排和种植品种问题。大家你一言我一语的，讲这说那，头头是道，好不热闹！最后，一村干部突然发话："下面，我们请公社干部全主任讲话、作指示！大家欢迎！"他也是心存疑团，一个女人家，拖儿带女的，有什么本事？想试试她的斤两。淑珍一听，你们别小看我，我在农村这么些年，春耕秋收、稻谷杂粮，什么时候下种，哪个季节种什么作物，难不倒我！便从容不迫地站起来，一开口便说了四句俗语："六月种芝麻，头顶一朵花。如果不开花，对不起主人家！"

几句话说得大家哈哈大笑，活跃了会场气氛。然后，她分门别类，一五一十地谈了自己的意见。干部群众一听，嗬，这个女同志还有两下子呢，会农活，懂农时哦！不禁对她肃然起敬，工作局面也就由此打开了。

淑珍是个倔强的人，什么也难不住她。现在，虽然身体未完全恢复，但仍坚持与农民同吃同住同劳动。前面提到的那些农活，她事事做在前头，身体力行，不说空话。有时候汗流浃背，气喘吁吁，她也不轻易喊苦说累。大家劝她休息，她也不住手。真是不容易。

这年秋收，结算评比，她所在的沃溪大队三生产队的产量大大超过其他五个生产队，整个大队的产量也超过了别的生产队。事实胜于雄辩。年终公社召开干部大会，会上公社书记尹得忠对全淑珍的成绩表现，提出了特别表扬，号召广大男同胞公社干部向她学习。

这在凉水井，还只是一个开场白，大戏还在后头呢。

翻身仗

1971 年初，淑珍来到舒家生产队，这是一个靠近大山的比较贫穷的地方，生产落后，村民生活十分困难。生产队长舒克栋忠厚老实，工作肯干，群众关系也很好。他家是本村的第一个困难户，妻子本分老实，勤劳节俭，但身体不好，经常卧病在床。还有五个孩子，大的二十几岁，小的才五六岁，能吃不能做，家庭生活十分困难，常靠国家救济过日子。村中十几户人家，也都彼此彼此，比他家好不了多少。

淑珍入队后访贫问苦，深入摸底，家家户户缺吃少穿，都靠上面照顾。面对这样的局面，淑珍很是发愁，若不解决他们的吃穿问题，哪里来的力气搞生产？思前想后，自己就是有三头六臂，也无能为力。于是，马上跑到公社领导处详详细细地反映这个村的实际情况，边说边叹气，颇有诉苦的味道。这本不是她的风格，但是一个队几十号人没吃的，弄不好就出大问题！公社书记、秘书一听，觉得情况严重，非比寻常，大家一致认为必须尽快从别的地方省下点钱粮，救济这个贫困村。他们当即决定给舒家生产队返销粮 3500 斤，救济款 1200 元（相当于今天的12000元左右)。这个数字虽不算大，但对舒家大队村民来说是一个不小的数目。他们自己哪里弄得来这么多钱粮?除非是老天爷开眼照顾他们!

得到了这个振奋人心的消息，淑珍迫不及待地想要回到舒家生产队，将这个好消息告诉村民们。公社会议一结束，饭都没吃一顿，立即走了十几里山路，花了一两个小时回到舒家生产队。队长等听说有这样天大的好事，马上召开全村社员大会，商讨如何分配这些救济钱粮。

好在村民们都知根知底，没费多少时辰就拿出了具体分配方案。队长家一贫如洗，没等他开口，村民们便一致同意对他家特别照顾，多分一点，其余按各家的实际情况分摊。

村民们如久旱逢甘霖，顿时兴高采烈，纷纷表示要用实际行动回报公社、回报集体的关心，扎扎实实搞好春耕生产，并大力抓好力所能及的副业生产。一时间，村里的男女老少齐动手忙春耕。

队里也适时地进行统筹安排，哪块地栽什么谷种，哪块地种什么杂粮，群策群力，安排得切切实实、熨熨帖帖。然后分头行动，各司其职。说来令人振奋，短短几个月时间，村里的形势就有了根本的改观。加之很适时地下了几场雨，田里禾苗绿油油的，山上庄稼青葱葱的，好一派喜人景象!

更令人振奋的是，村里原来有些借故有病，身体衰弱逃避劳动的人，都主动加入自己力所能及的劳动中了。众人拾柴火焰高，各方面的生产都有专人在主抓，连村民自留地里的庄稼都长得格外起劲!

副业生产也是面貌一新。舒家这块地方山多田少，山是沙石山，田是黄泥巴，加上雨水少，长不出好树木也长不出好庄稼。但天无绝人之路，也有一点得天独厚：山上多石灰石，销路很好，周围好多地方抢着要。但因财力问题，没法搞开发。这回得了一笔不小的救济款，村里就留了一部分用于开发。

这是一条致富路。淑珍与村干部想利用这个源头活水为村民谋福利。他们把村中几位烧石灰有经验的老农请来，制订出烧制计划，并动员村中身强力壮的青年小伙子协助，先开采矿石，并动员一些劳力较好的妇女帮忙锤“广子岩”（即石灰石）。

淑珍也参加这项妇女们干的活儿，天天拿起铁锤砸矿石，不几天，手上就起了很多血泡。她用红药水一擦，包上块胶布，又接着干活儿。女同胞在她的带领下，都使出全身气力拼命干。这就给烧石灰的男同胞很大的支持与激励，他们也干得热火朝天、尽心尽力，石灰很快就烧成出窑了。

搬运烧成的石灰，在他们那里也是一件难事。从舒家到凉水井公社公路边也有一段较长的山路，要翻山越岭，加之是负重而行，难上加难。这里运东西不能肩挑，只能用背篓背上背下。淑珍和村中几位妇女，加上男同胞一起，天天背。淑珍知道自己的耐力不行，一背上石灰就快步走，走一段歇一会。而社员一般是匀速前进，不用歇脚的。这样她也就基本上与社员们的速度差不多。这段山路十多里，背上满满一背篓石灰，常常累得喘不过气来。但是，淑珍不叫苦，闷着头与他们一起背。

运到公社路边，途中还要经过一座小木桥。这座桥虽不长，但很不容易走过。桥面窄，几根木头搭建的，水流急，白浪翻滚，胆小的人经常不敢迈步。淑珍以前走石墩桥就很惧怕，如今更是心里打鼓。但人好强也有好处，就是不肯轻易露怯，怕被人笑话。因此，淑珍鼓起勇气，只看桥不看水，集中注意力，小心翼翼走过了小木桥。

到达对岸，队里有人等着过秤并登记重量。一称，淑珍背的是 108 斤！“不轻哪！一个妇女干部，平时哪里干过这种活儿，真不简单!”人们纷纷赞许。她也听在耳里，高兴在心头。那年头，她一门心思想着好好工作，好好表现，真的很有责任心！

这里插说一件事。淑珍平时关心别人，尊重别人，所以她所到之处都很受欢迎和关心。这年 5 月，天气时冷时热。有一天，她在村里忙来忙去，走路太快，一身的汗，回到舒家门口，有点疲乏，又不想回去休息，见有一张长条凳空着，就侧身躺在上面休息一下。不久，居然睡着了。醒来后，受凉发热，体温 39 度多，头晕脑涨、面红耳赤，浑身乏力。大伙知道后很着急。见她没办法走路，村民主动找来几根粗木杠，扎成一个简单的担架，由四个强壮的男村民，硬是把她抬到了沅陵县人民医院救治。由于治疗及时，没出什么危险。过了两天，村里几名妇女和大队妇女主任李继珍赶来医院看望她，带来了不少罐头和鸡蛋等。深情难忘，淑珍常提起这段日子。

后来，在家里，她告诉我，她在凉水井公社干了十年，背烂了三个竹背篓，穿破了三双皮草鞋。

皇天不负苦心人！这年秋季，舒家生产队获得了农副业全面大丰收。粮食生产大大超越了附近的李家队和张家队，与公社其他地方的生产队也差不了多少。

这下子轰动了凉水井公社。舒家队男女老少高兴万分，逢人便说，感谢公社领导，感谢全主任！淑珍又立了一功，受到公社领导的表扬。

还有一件非常有趣的事情，也不妨在此说给众位听听。舒家有位姓杨的村民，老伴早逝，生有两个男孩，快三四十岁了，都个子矮小，其貌不扬，仍然是光棍两条，找不到媳妇。婆婆怪村里人讲了她家坏话，所以害得她家孩子找不到媳妇，因此怨恨村里人，疑神疑鬼，责怪别人和他们家过不去，才招致她家不走运，索性天天坐在自己门口的山坡上，对着三个村落的民众骂"朝天娘"。脏话、丑话，什么都骂得出，加上嗓门儿高，声音大，三个村落的村民皆深受其害，有口难言。人们劝她不要这么行事，这么缺德，她哪里听得进去。

有位妇女找到淑珍，请她想想办法。

有一天淑珍上门对婆婆说："听说你老人家很会骂人，天天骂，无休无止，有什么事不得气出？"老人家告诉她难言之痛。淑珍说："你这样天天咒骂也于事无补啊！我劝你别骂了，人家难听，你也难受，有什么问题，我们想办法一步步解决，不是更好？"

老人很难缠，不仅不听，还强硬地说："我一天不骂就活不成！"淑珍见劝说无效，心生一计，说："那好！你老人家这样会骂，人家称你是骂人大王。明天我陪你去我们公社广播站，让你在广播台上对着全公社的人骂个饱，让你一连骂三个小时，不许有重复！让全公社的人都见识见识你的骂人本事，好吗？"

老人听后，好一阵子没说话，有些胆怯了，不敢去公社，便对淑珍说："全同志，我不再骂了。"淑珍说："你老人家要说话算话呀！"

事后好几天村民们都没有听到老人的谩骂声。当得知是全主任的功劳时，有几位女村民找到淑珍，伸出大拇指对淑珍赞不绝口："还是你厉害！连这么难缠的人都能劝住，真本事啊！杨婆婆真的没有骂人啦！"

这件事不胫而走，人们都知道：队里来的女干部全主任可真是个既能埋头苦干，又能说会道的干部，能人一个啊！

农民化

1972 年和 1973 年，淑珍又被调到凉水井枫香坪大队蹲点，与公社书记张久进、农技员李大明三人共同管理工作。书记抓全盘、农技员管作物栽培、病虫害防治，淑珍管生产进度和妇女儿童工作。

张李二人住藕塘生产队，全淑珍住毛门头生产队，各负其责。淑珍入队后，先摸底后安排工作，发扬自己踏实肯干的工作作风，事事做表率，起早贪黑，不辞劳苦，与群众同吃同住同劳动，连穿着打扮也与农妇没啥差别，很难看出她是一个工作队干部，俨然一农妇。

有一天，她和村民在稻田中插晚稻，弯腰曲背，左右开弓。忽然有位村民带着一个四川来沅陵凉水井搞外调的干部，了解毛门头三个历史反革命分子的情况。这位干部站在田头大声问：

“你们田中插秧的，哪一个是全主任啊？”

一位插秧的老大妈黄小妹开玩笑：

“同志，你自己睁眼看哈啰！我们中间哪个像干部的，全主任就是她啰!”

哈哈哈……田间响起一阵欢快的笑声。

这位外调的同志对着这群插秧的女性，一个个打量了半天，终于说：

“莫逗我啰，这里面哪里有全主任吵！我没有眼力，没发现哦！麻烦全主任站出来，我有事情找你呢!”

大家还是一阵哄笑。

淑珍见人家真急着有事，就从秧田里站了出来。

“我就是全淑珍!”

“你这个样子，有哪一点像公社干部嘛！我真没有认出来，请原谅哦!”

淑珍笑着走上田埂，和他一起去找人。淑珍在农村蹲点，和农民真正成了一家人。

当时有人讽刺那些公社妇女干部“三不像”：一不像干部（不干事），二不像保姆（专带小孩子），三不像家属（领工资）。淑珍与他们不同。虽说也是不像干部，那是没有所谓的干部的高高在上，只练嘴皮子不做事。其实呢，还要多说几句。淑珍的衣服有三种类别，不同场合有不同的装束。住在农村有耕田下地的衣服，公社开会有干净朴素的衣服，进县城则另有一套稍微像样些的。刚好三个档次，差别明显，各有各的用处。

这年秋天，淑珍所在的毛门头生产队增产一千多斤，藕塘生产队则减产一千多斤。巾帼不让须眉。县委书记王家松来凉水井公社巡视，找张书记前来汇报，张书记正好不在该队，就让淑珍代为汇报。淑珍将大队的整体情况，枫香坪点上的事情捋出几条重点，又将各个点的特色与工作展开的进度，一一向书记进行了汇报。有重点有细节，真实具体。王书记听后大加赞赏，连说："没想到我们的女干部这么精干！难得难得！"

1975年5月。毛门头生产队有位劳改释放犯，名叫李显球。过苦日子时带头与当地几个农民，偷偷将队里的一头老牛杀了卖了钱私分了，被发现后判刑劳改，现已释放回家。

一天清晨，李慌慌张张跑到淑珍住处高喊："全主任！全主任！救命啊！不得了了，我堂客（老婆）一夜肚子痛，喊爹叫娘的。我到生产队借钱，队长死活不肯，只好来求你帮忙啦！"一脸的无奈与焦虑。

淑珍马上领着李显球奔到队上，找队长说情。

队长说："全主任，你不晓得！他是野猫借鸡公，有借无还啊！"

淑珍赶忙说："现在救命要紧！他只借100元（相当于今天1000元左右）。我负责找他归还。如果他不还，我来担保，从我工资里扣100元！"

队长终于勉强同意借给李100元。事后，李显球对淑珍千恩万谢："这次要不是你出面，我堂客就没命啦！你是我们的救命恩人哪！"淑珍也抓住这个机会让李好好改造，好好生产，李连连点头称是。

事后得知，李与队长有矛盾。加之，李是劳改释放犯，借钱给他，弄不好又惹出什么事端。淑珍说她没考虑这些，当时的情况是救人要紧，人命关天，不容计较。

鱼水情

1975 年 7 月，檀木岭生产队老队长，七十多岁了，年老体衰、力不从心，主动提出让位，要求社员们另选队长。社员们纷纷建议，要推选社员张火生担任。

这个小伙子三十多岁，为人和善，灵活机变，见人一脸笑，对农活特别熟悉，劳动习惯也很好。火生听说大伙要选他当队长，接老队长的班，就公开表示“坚决不干”！村民再三恳求他站出来接任，说这个队长非他莫属。他被逼无奈，提出一个条件，说：“大家硬要选我当队长，除非你们想办法把公社全主任调到我们生产队！”

大伙一听，颇觉意外，一时间措手不及。因为的确是道难题。全主任在临近的毛门头生产队干得好好的，工作出色，事事带头，那里的村民怎么会让她走呢？

火生的条件真够苛刻的，满以为如此一来肯定难倒了村民，让自己求得个清净。谁知道村民们不肯罢休，想出了一个好主意：大家一起去公社要人，公社舒书记正在枫香坪调研。

于是，大伙你一言我一语地表达了要调全主任来队的强烈愿望。领导见他们说得恳切，以前也真没有群众主动跑到公社要人的事情发生过，不由想看看事情的发展结果。于是，同意将全淑珍调往檀木岭生产队工作。

村民们欢呼雀跃，奔走相告：

“全主任被我们请到啦!”

“全主任被我们请到啦!”

火生听说后，再不推脱，同意走马上任队长一职。后经大会选举通过，正式上任。

淑珍进队后不久，赶上队里抢插晚稻。一天晚上，全队村民都去秧田扯秧，淑珍自然也在其列。没过多久，麻烦来了，晚上稻田里蚊虫特别多，村民都是卷着裤腿、露着手臂干活的，被蚊虫叮得喊爹叫娘，纷纷用手拍打蚊蝇，弄得手上身上血糊糊的。淑珍也深受其害，好在她马上想到了一个简单易行的解决办法。

淑珍不声不响，找来一些黄荆条、稻草，分成数堆，放在稻田中扯秧者身旁，用火点燃。

还真灵！没多久，蚊虫就被烟熏火燎给赶跑了，大伙得以免受叮咬之苦，很快就全身心投入了农事活动。

村民感激之余，不由得佩服这个脑子灵活、有办法的女干部，心想：难怪火生点名要全主任来队里工作，果然有两下子!

牛刀小试，初得民心，淑珍心里也很宽慰。

这年冬天，淑珍去县人民医院做结扎手术，因我们已经有了三个儿女，当时的口号是：“两好三多四不要。”就是生两个孩子正好，三个就多了，四个不能要。如今看来这话挺对的，那时很多家庭没有这个概念，孩子生了一大堆，生活质量却不得不下降。走到后来，计划生育政策一下子又只允许生一个。现如今，放开二孩，60 后、70 后的夫妻却无可奈何了。话说回来，淑珍结扎后，需要好好调养，补充补充营养。乡里的做法一般是杀鸡宰羊。

枫香坪大队妇女主任郑秀英家住檀木岭，离火生家很近，听说全主任结扎住院后在家休养，便打算前来探望。但因家中不富裕，鸡蛋、鸭蛋没几个，又没有什么营养品可送，便将自家养的一条黄狗杀了，自家小孩多，但仅仅留下一个狗头和内脏，其余的砍成四大块，用背篓背上，走了十多里路，来到沅陵一中我们家中。

郑主任一进门，淑珍忙请她坐下喝点茶。当时我也在家，就忙着让座、上茶。郑秀英把背篓里用麻袋装着的东西拿出来，往饭桌上一放。我一看是狗肉，忙问她怎么弄到这么多狗肉？

郑秀英解释道："全主任对我家这么好，时常来我家问寒问暖的，对我家几个小孩特别照顾，又是送糖票，又是买纸笔的。我们农村人讲不出好多感激的话。现在全主任住院动了手术，自己没什么别的可以送，只好将看门狗杀了。"

淑珍一听，差点流下眼泪，一把拉住郑秀英，"你也是！我这点小手术，很快就好啦！你干吗杀看门狗！……再说，狗肉你全带来，为什么不给孩子多留一点？这怎么行！"

郑秀英连忙说："我们那儿弄到这些东西容易，大不了我去捡一只小狗回来养着，不久就养大了！这些狗肉还是留着你补补身子吧！"

两人推来让去的弄了半天，郑秀英的态度很坚决，一再说没什么送的，来一趟不容易，一点心意，千万不要推辞……我见僵持不下，淑珍已经脸色有些苍白了，便道：

“淑珍，那我们就收下吧！往后感谢人家也是来得及的！”

于是坐着聊了一些近况，很亲切很随意，两个妇女主任还有说有笑地讲了很多队里的近况与趣事，我则起身准备去做饭。一听留饭，郑秀英立即站起身，说家里孩子多，少了她不行，会乱成一团的，十几里路个把小时就走到了，回家正好赶得及吃饭。我们也就没有强留。

这件事过去了很多年，每每想起，还是很令人感动。一个女子，在农村工作多年，农村人心里有她，她也把社员当成亲人一般照顾、爱护，亲如一家人，这是我很觉得意外，也很钦佩她的地方。

工作上，淑珍一直很顺手，与社员们交往也很融洽。但有一件事，我心里始终很有疙瘩，很是不安和心疼。淑珍吃饭在火生家，火生一家人也待她如亲人，但住处实在糟糕！他们家两间卧房，一间火生夫妻住，一间婆婆与孙子住，一直就是这样安排的，淑珍不肯让他们有啥变动。没有办法，就在邻居家牛栏上面收拾了一间小屋子住。

我一到那里，就心凉了半截。那是个什么样的住处啊！虽然比较宽敞，淑珍也收拾得很干净整洁，但是臭气熏天，令人作呕。我也是农村出来的，但是对这浓重的气味真是受不了！

那天晚上，躺在这股子臭气中，实难安眠！身旁的淑珍，却因为白天辛苦劳累，睡得很踏实。我心里不禁有了一种深切的心疼和怜惜。但转而一想到自己的处境，自己的能力，也根本没有办法与能力让她换个工作换个地方住。只有长长的叹息！

第二天一大早，吃过早饭，我就回城了。后来我问她，那么样的环境，你怎么受得了？你怎么不要求换个住房？她倒是很爽朗，笑着说："同志，你可知道，农村住房哪能像城里一样空气清新、舒适干净？我一个人可以住一间房就算不错了！怎能有那么多讲究？"

我看着她，年近四十了，把最好的年华都奉献在远远近近的山村农家，一天又一天，一月又一月，一年又一年。眼前的妻子，已经不再是那个梳着齐腰长辫子，眨着水灵灵会说话的眼睛的淑珍了。现在的她，面孔黧黑，皮肤粗糙，头发也剪得短短的，一身式样和质地都很老旧的衣服，双手也因为常年在田间地头劳作而起了很多茧子……只有那种乐观开朗的性情，依然没变，那种不服输的精神一直没变。我也被她的这种情绪感染，不再那么纠结了。

这时我想起了她在乌宿公社住过的两个房间。一个在渔岩大队住水碾屋。碾坊就在溪水边，一天到晚水声哗哗，震耳欲聋。我也去体验过，除非拥有一颗强大的内心，才不会被这持久的噪音打搅。不得宁静的痛苦，让我难以忍受。

还有一间更是不堪回想。那是欧一生产队的仓库中一间三面不见光的小屋子。夏天不仅蚊虫多，还有吱吱作响的老鼠！空气窒闷、浑浊，空间压抑。不知道她是怎么熬过来的！真是难为她了！

现在说起这些，我既心疼又无奈！好在这样的日子，她自己倒没有我这么在意和纠结，总是很平淡地就应对过去了，从来不在我面前诉苦叫累。但我知道，一个女子如此刚毅，如此具有韧劲儿，的确是少见、稀有！

师生情

1976 年 10 月，沅陵一中在筲箕湾公社三眼桥大队创办学农分校，有农田一百亩，荒地四十亩。学生分期分批去分校学农，一去就是一个学期，叫作“扎根农村，长期锻炼”。据说，只有这样，才能培养出又红又专的人才，才会不忘本。

11 月，我带领高三十三・五班学生步行去筲箕湾三眼桥农场学校，同去的还有金天俊老师的一个班。我们住在一个刚刚搭建起来的茅棚中。学生两大间，男生一间，女生一间。老师、分管农场的领导、会计员和厨房师傅同住另一间小一点的棚屋。

没有床铺，在地上铺上稻草、竹席和被褥睡觉。躺在这样的棚屋里睡觉，滋味可想而知。鼾声、吵闹声、梦呓声，混杂着体味，就是每天的睡时状况。一觉醒来，就要投入繁重的劳动。

我们兵分两路，一部分下田搞生产，一部分上山砍柴，供我们自己煮饭烧水用。

城里人来到这里，真是大姑娘出嫁头一遭。这些学生是一点农活也不会干。学校在农场附近请了几个农业技术能手来手把手地教。挖地、翻田，什么都从头来过。特别是上山砍柴，对学生来说是极大的难事，对我们这些只会捉笔的教书先生来说，也很不容易。

我班学生被派上山砍柴。我虽出身农村，小时候干过这个活儿，但多年未干了，技术生疏，主要还加上体力不支，很吃了些苦头。

有一天，早餐后，我们出发上山砍柴。山比较高，先要花上半天时间爬山，然后一根根砍下来，捆成一束一束的，背下山。

这天下午，我与一部分学生将砍下的柴火背在背上，小心翼翼地往山下搬运。刚回到驻地，几个女生惊慌失措地跑到我门前："不好了！不好了！金老师！瞿永利下坡时摔伤了，膝盖摔破了，小腿也直流血，痛得直叫唤，我们也背不动她！您赶快去看看吧！"我吓了一跳，赶紧让几个男生与我一起上山救人。

我一边走一边了解情况，原来当时瞿永利和几个女生走在后面，山坡较陡，一个不留神脚下打滑，就摔下去了。幸亏几个女同学帮忙用葛藤扎住伤口上方，再用几块手绢包扎了伤口止血，一人背着瞿永利，两人扶着伤者，慢慢地往山下挪着。

我们几个赶到后，马上换上男同学背瞿永利。走了一段路后，我自己背上这位女学生，往山下赶，将她送到麻溪铺卫生院抢救。中途换了几个人轮流背才到卫生院。

经医生诊断，说是粉碎性损伤，他们卫生院设备不全，没法施救，必须送往县城人民医院救治。当时天色已晚，没有车辆通行，在路上碰见的车辆也没有拦到。我们只好轮流背着她往县城医院赶，一路上七八个人换着背，我也背了好几轮。

晚上八点多钟，终于赶到了医院急诊室。医生决定住院治疗。我恳求医生先处理治疗，医药费我马上回学校借钱垫付。见我们都是老师和学生，医院开绿灯同意先住院，再办理补交费手续。

小瞿虽然伤情较重，但因抢救及时，并无大碍，主要是软组织挫伤。她家就住在县城南岸，离人民医院不远，我马上派人通知家长。不久，家长赶来医院，听说是我们大家一起背着来医院的，对我们是感激万分。又见女儿没啥大问题，心中很是欣慰。瞿永利对此事更是铭记在心，感动不已。

34 年后，2010 年 10 月 2 日上午，瞿永利和同班同学唐若兰一起专程到一中来拜访我，同行的还有赵勇、陈明秋夫妇，也是那个班的学生。进门时，瞿永利、唐若兰在前，一见到我就拉着我的手说：

"金老师您好！我们来看您啦！"

我笑着迎接他们四位入座。我老伴淑珍，儿媳妇淑云在家，忙端茶倒水。我坐在一张长沙发上，瞿永利和唐若兰两位在我左右挨着我坐下，二人拉着我的手，感慨地说：

"高中毕业后，一别三十多年了！金老师，这么多年，我们一直想着要来看看老师您，今天终于如愿了！在您身边，我们就像是您的孩子啊！"

瞿永利回忆起当年我们那么多老师同学背她上医院的事情，眼里闪着兴奋和感激的神采。

"在您身边，我们就像您的女儿一样，好温暖！"

我也动情地说:“不是亲人,胜似亲人!你们都跟我的孩子一样!”

瞿永利说:“金老师,您就像我们的父亲啊!当年若不是您和同学一起不辞劳苦将我及时送到医院,我还不知会怎样呢?说不定腿残啦!您对我真是恩深似海,我终生不忘。若不来看看您,我也终生不安呢!”

我马上说:“当年那种情况,我们那么做是完全应该的。小事一桩,不足挂齿!”我老伴与淑云也是这样附和着。

另外两位学生插话说:“那时我们还小,不经事,吓都吓傻了,若不是您当机立断,决定轮流背,我们还不知道该怎么处理呢!”

说到这里,瞿永利从身边的背包里,拿出一件羊绒背心,双手捧到我面前说:“老师,这是我和若兰特意买来给您的礼物。小小心意,请您一定笑纳!”我还想推辞,她俩说:

“老师不要客气啊,做个小小的纪念吧!”

于是,我双手接住,连声感谢。淑云在一旁说:“大家坐好,我给你们拍个照片!”大家一听,都十分高兴,忙按淑云的要求坐好,满脸笑容,照了一个合影。

然后,他们又一起回忆在天宁山上学习几年的点点滴滴,很多我所不知的琐事与轶事,大家哈哈地笑个不停,其乐融融。不久就到了中午时分,我们想要留他们午餐。赵勇说:

“我们来这里之前已经订好了龙舟大看台旁的餐馆,来接您一家人去共进午餐!”

于是,我们也就不说什么客气话,与他们一起外出赴宴。

走出家门,就是沅水旁边的滨江大道。我们说说笑笑,踏着杨柳花草点缀的大道，漫步而行。久别重逢，个个都很喜悦兴奋。这一刻，时光仿佛真的倒流了，我们都回到了那些年轻的时刻。美好的岁月，有一种往日重现的感觉，青春依旧的感觉……

与学生合影（作者为居中者）

步入餐厅，高三十三·五班的其他几位同学已经点好菜肴，等着我们入席了。坐定后，学生们纷纷前来给我们二老敬酒，祝福，大家相聚甚欢。淑云又不失时机地为我们照了一个相聚照。

老师和学生，34 年后的重逢，有多少话要说，有多少生活中的趣事要分享啊！看着年轻人的欢笑，我也兴致勃勃地即兴来了一首顺口溜：

天宁重逢话当年，共忆平生苦与甜。
岁月易逝情长久，南北千里共婵娟！

学生们纷纷鼓掌叫好，气氛达到了一个小小的高潮。

之后，我们便和年轻人挥手告别，让他们更加无拘无束地欢闹去！

（附注：南北指广州、昆明。当时瞿永利在广州珠海水电站工作；唐若兰在云南昆明工作）

修水库

1977 年冬，凉水井公社决定在洞头大队修建水库。这里地势较高，可以输水至杨家湾、沙子坳等好几个大队，能够天旱保收，造福民众。王秋梅、全淑珍带领杨家湾村民投入修水库大战，他们去到水库，安营扎寨。

全公社 12 个大队，各个大队自己搭建公棚，安排住宿和伙食。公社干部、工程管理人员同住一个工地。王、全二人住在杨家湾大队。

修水库工种有挖土、上土、运土、担石头等。各大队强劳力挖土、担石头，中劳力运土，老弱者上土。王、全二人带杨家湾中劳力运土。她俩身先士卒，勇挑重担，走在最前头。淑珍有个弱项，就是只会肩扛，挑工不行。头两天，就累得双肩红肿，每天让卫生员上药消炎。到了第三天，双腿疼痛难忍，腰也直不起来了，真是很艰难。村民见状让她歇息，她哪里肯歇着，生怕落后于人，被别人笑话。她说："功夫是练出来的，再过几天就没事了。"七八天后，果然好多了。

淑珍 1978 年 7 月留影

当时各个大队竞争激烈，每个队包筑一段。过了很长一段时间后，运土的人多，进度较快；搬石头的进度跟不上了，影响工程进度。王、全二人又主动提出搬石头去。用背篓掮石头，小石头好办，大石头放不进去，怎么办？她们也有对策。就把背篓倒过来底朝天背着，把石头放在背篓底子上就行了。就这样，她们天天背石头。不少妇女也主动过来帮忙背，解决了运石头的难题。

这样连续干了八九个月，1978 年初，工程初步完成。这期间，劳动强度很大，人力消耗也不少。淑珍说她每天要吃两斤米，我那时候每个月才 30 斤米。粮票根本就不够吃，只好请示公社想办法解决。好在修水库，饭还是管吃够的，否则真不知该怎样拼过去！

她告诉我，两百多天，天天如此，穿烂了一件卡其布衣服，一双牛皮草鞋；捎烂了一个背篓，磨炼了一身好筋骨。有时候，都觉得自己不像女人了，完全是男性化了，什么都和男人一个样，担沙运土，挖地种稻，样样不能落后，要站稳脚跟就必须硬气，否则就待不下去！

这期间，我们家发生了一件不幸的事。淑珍的父亲，我的岳父全世泰去世了。弟弟妹妹们给公社打了电话，托人带信让她回去吊孝。噩耗传来，她悲痛万分，但考虑再三，没有回去。当时“极左”思潮仍然非常严重，父亲是五类分子，后代假如回去吊丧，必须披麻戴孝，在灵柩前磕头作揖，当地干部村民一定会借机生事，给她扣上一顶“历史反革命富农分子全世泰的孝子贤孙”的大帽子。上次游街示众的惨痛经历让她胆战心惊，还处在一朝被蛇咬十年怕井绳的心理阴影中。何况，她早就知道胡家堉村里有几个干部村民是他们家的对头，对她参加革命工作，当上国家干部一直心存嫉恨。他们还曾多次扬言，哪天有机会就要让她全淑珍公社干部当不成，回家好好当农民。若她回去，等于自投罗网，送货上门。

悲伤、焦虑、苦闷、愧疚、自责……一起涌上心头，弄得她进退维谷、愁绪万千。公社干部见她愁苦不堪，于心不忍，就放她几天假，让她回一中休息几天，和我商量一下究竟该怎么办。她就请了假，怏怏地回到一中，一见我便号啕大哭。我一问，原来是这样的大不幸。她说自己思前想后，还是不能回去吊孝。人死不能复生，自己在父亲生前是对得起他老人家的，一直负责给老人寄医疗费，老人一定不会怪自己的……我与她的处境一样，是“历史反革命富农分子的儿子”。既然她决定不回去，我也不回去了。我俩悲恸之余，愧悔对不住老人，对不住家人，抱头痛哭。

谁知她没回家吊孝这件事，遭到了自己弟妹的严厉责骂，他们联名写信给她，说她“忘记亲恩，丧尽天良”，“是从树木孔中榨出来的，活像挖孔鸟猫头鹰”！这是当地人咒骂不孝子孙的最恶毒的语言，谁都会承受不起！淑珍对这个罪名实在无法接受，也无法释怀，对弟弟妹妹的做法也很无奈很失望，但有口难言，连解释的机会都没有。

回到一中的这两天，她两天两夜吃不下饭，睡不着觉，也不和我说什么话。我无计可施，只好百般宽慰她。她愁苦地过了两天，第三天便回公社，重上水库工地了。

古语说“忠孝不能两全”。千真万确！现在想来，淑珍那时是一门心思想要好好改造，想要好好工作，也想保全自己的小家庭，对父母尽孝道是不够的，自己也是愧对父亲的。毕竟自己是全家的大女儿，是父母的亲骨血，连父亲去世，都无法一跪坟前，哪里还谈得上孝顺呢？这样的遗憾在今天是绝对不会存在了，时代毕竟完完全全地不一样了！

函授课

1978 年 7 月，我应聘赴黔阳一中为中学教师函授班上课，主办者为地区教研室，学员五百余人。来自黔阳地区各县。当时分十个班上课，教师由地委教研室聘请，教材为《中国古代作品选讲》（湖南省中学教师函授试用教材，湖南人民出版社）。

我讲授的课文是《伐檀》《硕鼠》（选自《诗经》）。课前做了很充分的准备，自己还拟了一个“准则”：“字字有根据，句句有来历”。讲授时字句落实，旁征博引，绘声绘色，学员颇感兴趣。课后，一位沅陵去的学员向晓钟告诉我，他们的学员听后反映良好，表示赞赏，并赋诗一首相赠：

师生同赴夜郎游，仍觉辰山葱悠悠。
出壑松风阔千里，笑吟湘西解惑图。

说起我们几位同去老师的课余生活，真是令我难以忘怀！我们当时参加函授班授课的老师有四十多位，来自黔阳地区各个县。其中令我印象深刻的有辰溪一中的张懿德老师、沅陵一中的邓禹平老师和地区教研室的杨兴健等。白天上课，大家兢兢业业、授业解惑。一到茶余饭后，就开始说古道今、谈笑风生了。有时候同游堤岸，有时候席地谈心。特别是张邓二人，年岁稍高，但平易近人。我们几个年轻人对他们是毕恭毕敬，他们对我们则是平等相待。二位前辈长交际善言谈。很多时候，饭后我们就坐在黔阳一中一块比较大的草坪上，听他们神侃。他俩讲起笑话来，就像说书人说书一样，精彩纷呈。我们听得津津有味，笑得前仰后合。这样的精神“牙祭”，往往是经久不散。

半月后，回到沅陵。马不停蹄，又应县教研室之请给沅陵没去参加函授的学员们讲课，内容与我在黔阳一中所讲内容一样，也是《诗经》中的《伐檀》和《硕鼠》。沅陵一中老教师谢静华得知后，和我说笑：“小金，你真会侃！刚在黔阳‘坎坎伐檀’，回到沅陵又‘侃侃而谈’，大捞其钱啊！”他利用谐音字笑我暑假期间挣外快。我知是调侃，和他一起哈哈大笑。

这年十月中旬，黔阳地区教研室组织语文教学观摩活动，课堂就设在沅陵一中。我是一中语文教研室组长，责无旁贷，便与地区教研室的同志商量让谁来担任主讲。地区同志提出三位人选：方思墨、唐仁冬和我。方、唐二人我点头认可，至于我自己，则推说不必了。我说：“语文教学方面，我没有什么长处，拿不出什么像样的东西。”地区的同志说：“金老师，不必谦虚！古典文学教学方面，你还是根底很厚的。”最后，方、唐二位教现代作品，我教古文《赤壁之战》。

课堂上，除字句解释、课文串讲外，我对战争场面、敌我双方的实力、孔明的运筹帷幄这些方面一一进行分析评价，然后抓住重要的文言知识点进行比较分析，如词类活用、一词多义、虚词释义等。授课紧凑，条理清晰。

课后评议，大家对我一致认可。对方、唐二位的授课也是大加赞赏，方老师讲述生动、口若悬河，唐老师作为女将，巾帼不让须眉。

这年终，地区教研室召开教学经验交流会，我被指定在大会发言。会上我汇报了一中语文组教学情况及点滴“经验”，结果被评为地区先进教研组，获得奖状和奖金。我个人也被沅陵县教委评为优秀教师，获得了奖状与奖金。

切磋与交流（右二为作者）

那个年代，获评先进工作者是非常荣耀的事情。我也暗自开心，毕竟自己的辛勤工作获得了广泛的认可，工作、生活的劲头更足了。

进妇联

1979年，全淑珍加入中国共产党，实现了她多年追求的梦想，欣喜异常。记得十年前她在县里召开的万人大会上作过《出身不由己，道路可选择》的大会发言，很是引人关注。

她出身富农，父亲被打成“历史反革命分子”，社会关系复杂，自己要脱胎换骨，走革命道路，谈何容易？多年来她为此付出了巨大努力，经受了严峻考验。党组织对她进行了极为严格的审查，长时间考验，最后才批准她入党。我也很是感慨，为她庆幸和喜悦！

1980年2月，她被调入沅陵县妇联工作。到机关报到时，县委组织部负责同志张明川对她说明调她进城的原因主要有两条：一是落实知识分子政策，她丈夫金福明在沅陵一中工作，一人带三个小孩，教学任务繁重，需要照顾；二是全淑珍自己在农村干了二十个春秋，工作相当出色，成绩显著，有丰富的群众工作经验，有胆有识，精明强干。我觉得首要的还是第二条，淑珍是我见过的最有毅力、最有主见、最有魄力的女子，在她的字典里就没有“失败”“颓废”“逃避”这样的词语，只要认准的事情，没有不能做成的。在当时区、社妇女干部中，全淑珍是佼佼者，美名远扬。那时的县常委、县妇联主任邓荣莲对淑珍较了解，说淑珍是县妇联委员，曾带领县各区、社四十多人去郴州地区学习“新法养猪”，很有组织领导能力。县妇联正需要这样的干部。

全淑珍向张明川同志提出，自己愿意回原单位百货公司。张明川同志忙说：“啊？你还想回百货公司呀，我们的干部都不够用。我给你对口安排县妇联，不是很好嘛！”淑珍不好拒绝，便去县妇联报到。

淑珍去妇联工作，对我们全家来说真是喜出望外！从1960年淑珍离城下乡到1980年回城工作，整整二十年！这么长时间的家人分离、夫妻分居，个中滋味，不言而喻！从我一双儿女的反应就可看得清清楚楚。他们一听说母亲进城了，再也不用下乡了，个个欢呼雀跃：“我妈进城了！太好喽！太好喽！”

淑珍回家那天，是个星期日。早饭后，估计妈妈快到一中门口了，金琼和金安就站在尤家巷通往一中的路上张望。大约九点，就见妈妈背着背篓，提着一个小包，登上了斜坡。她刚一露头，两个孩子便飞快地跑过去，大声欢呼：“妈妈！妈妈到啦！”老三金安抓住妈妈拿提包的手，金琼赶紧去接背篓。淑珍马上说：“不用不用，好重的，你太小背不动，我来背！”她在孩子们的簇拥下往家里走。

我抑制住激动的情绪，没有和孩子们一起在一中门口迎接，在孩子们出家门一会之后，也忍不住跟着来到了一中大门口。这时，见到此种情形，我立马上前接过背篓往自己肩上一放，就扛着东西与他们一道往家里走。

一进家门，两个孩子围着妈妈说话。淑珍一手摸着金安的头，一手捏着金琼的手，看看这个，摸摸那个，笑得合不拢嘴。我站在一边，喜上眉梢，但藏而未露。这种情景，我二十年来天天都盼着，今天才得以看见！人们常说："世上只有妈妈好，孩子是妈妈的掌中宝。"这话不假，回顾这二十年，孩子们在妈妈身边的日子真是太少太少了！父亲虽然也可以照顾孩子，但毕竟不能替代母亲的角色。我又当爹又当妈的日子，终于结束了。淑珍的回归，让孩子可以重沐母爱的温馨啊！

那年，长子金平已经到芷江师范去读书，金琼在沅陵一中读初中，金安在荷花池小学读小学。

二十年的艰苦努力工作，终于得到了组织的认可和关怀，这对她是件幸事，对我们全家何尝不是一件大幸事？二十年的夫妻分居，二十年的母子别离，虽有周末的来来往往，但其中的艰难困苦，又岂能言表？孩子的成长中长期缺乏母亲的爱怜，又岂能不是我们为人父母心中的大痛？

感谢党、感谢组织，给我们全家最终团圆的巨大幸福！那些天，我们全家沉浸在久违的安安稳稳地享受不用分别的相聚，开开心心准备要添置的家用设备，甜甜美美地欢笑，轻轻松松地交谈……一种久违的和美甘甜，洋溢在我们的脸上、眉间、心里。那是一段值得永远纪念的美好时光！

调婚案

淑珍在妇联分管维权，即维护妇女儿童的合法权益。民事纠纷较多，上访者不断。1981 年 3 月的一个上午，沅陵县设计院规划办一位女同志来妇联上访求助，一见到淑珍就向她诉说自己的苦衷。她说："我丈夫提出离婚，理由是我比他大两岁，性格不合，无法共同生活。"淑珍问："真是这样吗?"这位女同志说："这不是真实原因，我心里很清楚。"淑珍追问："真实原因是什么呢?"

"我的确比我丈夫大两岁，女儿已经长大，我却没能满足他父亲的意愿为他家添个男丁。我丈夫是单传，无子就没了继承人，想离婚后再结婚能生个男孩子。我今年四十岁了，我有女儿，不想离婚!"说完，她眼圈红红的，神色委顿。

此人名叫李萍，凉水井人，与丈夫王斌结婚七八年了，生有一个女儿，已经五岁，活泼可爱，深得祖母、父母、姑姑喜欢，但祖父不喜欢孙女，因为他一直盼着抱孙子。他认为孙女将来总是要嫁人的，不能为王家传宗接代。他老人家重男轻女思想严重，是一位顽固的守旧者，自以为是、脾气暴烈。加之儿子又是单传，因此，三天两头逼着王斌和媳妇离婚。

王斌与李萍感情颇深，相处和睦，加之已有一女，不愿离婚。但王父固执己见，经常以父权迫使王斌就范，王斌无奈，妥协并上诉至法院。眼看开庭的日子就要到了。李萍被逼无奈，只好向县妇联求助。

“希望妇联为我做主，能够进行调解。”李萍以渴望而焦急的声音说道。

淑珍问：“你听说王斌有第三者了吗？”

“没有，我没有听说。他也不会有。”李萍非常肯定地答道。

淑珍于是说：“李萍，你不要着急。今天咱们就先聊这么多。等我们了解一下具体情况，再与你联系。”

没过几天，王斌就来一中找淑珍。那天是星期天，淑珍在家休息。一进屋，王斌就单刀直入：“全主任，我叫王斌，我爱人叫李萍。”

“你有什么事？”淑珍问。

王斌说：“李萍找你谈了我们正在闹离婚的事情，我的理由是，性格不合，生活不美满，所以必须离婚。”

“你说的是什么话？婚姻大事不比儿戏，一句轻巧的性格不合就离婚，恐怕草率了些吧？”

淑珍软中带硬。

“你现在已经当爸爸，对家庭就有了一份责任。怎么说离就离？你家里的真实想法是你家单传，家中只有一个女儿，你父母便提出想要个孙子来做王家的继承人吧？是不是这样？”

王斌见淑珍知根知底，一时语塞，默不作声。

淑珍见状，进一步开导："你应该有一点生育常识。生男生女，起决定作用的是男子。你可以自己去问问医生。你现在已经生了一个女孩，离婚后再结婚，假如再生一个女孩，你怎么办？……你有没有想过，女儿是娘身上的肉，子女对母亲的感情是无法分割的。人们常说：'做儿女的宁死当官的爹，不愿死讨饭的娘。'你想想，家中没有母亲，结果会如何？你爱人工作单位很好，离婚后，她肯定要求带走女儿。你们家愿意吗？如果不愿意，那就是赶她一个人走，你们于心何忍？"

"你说你们性格不合。那她是不孝父母，还是对你不真诚？你和她生活上、工作上有什么过节？她的为人我了解了一些，工作踏踏实实，勤勤恳恳。而且，她对你家不薄。你要离婚，究竟为的什么呢？我看，你家属于生活条件上层的家庭，家境好又有文化，按理说，你们是美满家庭。王斌，你要冷静一点，你提出离婚的条件是根本站不住脚的！按法律条款是不允许的，社会影响也不好。你回去好好考虑一下吧！"淑珍条分缕析，循循善诱，王斌内心不由有所松动。

王斌走后，淑珍想到，王李二人感情并未破裂，王提出离婚全是王父从中作怪，重男轻女，守住老观念不放，应该想办法再找王斌的母亲做做工作。说来也巧，王的母亲周菊云，淑珍早就认识。有一天在街上碰到周氏，淑珍便对她说："周姨，你儿媳妇到我们妇联上访，说你儿子坚持要离婚。你要好好拿个把握呀！他们这婚不能离！你孙女才五岁，没有妈妈怎么行！将来你们老人家走了，她妈妈也不在身边了，有谁来管她？恕我直言，你们家如果没有你，王斌兄妹是何种处境，能过得幸福吗？你儿子提出离婚，你舍得孙女被李萍带走吗？你们要争孙女，李萍会肯吗？女儿是她的心头肉。周姨，我的话是重了点，你是长辈，能忍心吗？你是内当家，大事要把好关。这个婚不能离。否则，会给你们家带来不幸啊！”

周姨若有所思。

淑珍趁热打铁道：“这样吧，我想带王斌、李萍和你三人去法院，王叔可不去（淑珍怕他去了唱黑脸就坏事了）。我是维权的，我提出在县妇联调解一次，请法院派人过来参加，你看行不行？”周菊云表示同意。

淑珍当天晚上就与法院取得联系，谈了此案的详情，并与法院达成一致，打算共同调解此案，维护王斌和李萍的婚姻。

第二天，淑珍通知王斌、李萍、周姨到县妇联。调解那天，各方人员全部到齐。令人惊讶的是，李萍一见到王斌，就一下子扑到对方的怀里，将他抱住，边哭边说：“王斌呀，人要讲良心，我未生男孩，你就要离婚，我坚决不离！”王斌并未将李萍推开，也没有反驳，表情十分复杂。淑珍见状，知道他们二人真是还有感情，并非什么性格不合，立即不失时机地说道：“王斌，你看，李萍对你的感情还是很深的啊！你提出离婚，于心何忍？再说，老人那边的工作，你也要慢慢去做。毕竟，婚姻还是你们自己的大事，要妥善处理啊！”王斌还是没有吭声。周姨赶紧说道：“你们俩既然还是牵挂对方，有感情，我们做大人的当然还是想你们和和睦睦过日子啊！”

法院同志看到事情的进展，也马上说：“根据你们的婚姻基础来判断，这婚还是不要离。王斌，从李萍的表现来看，她是爱你的。我们今天来给你们调解，望你们进一步巩固感情，成为一个和睦美好的家庭。你们的起诉驳回!”

调解告终。王李二人和好如初。后来,王叔也就接受了现实,一家人其乐融融,皆大欢喜。

这是全淑珍进妇联后点燃的第一把火。婚姻调解成功,挽救了一个濒临解散的家庭,称得上善行义举啊!

尽孝心

1983 年，我母亲龚陶香已年过七十，还在为儿孙操劳。她出身名门，家风纯正，面容端秀，慈善勤劳，深为后辈敬重。当时，她老人家还在河南郑州老三金钦明家带孙子。儿子儿媳都在上班，两个孙子都是靠她带大，做饭洗衣，日夜操劳。我和淑珍想到她老人家太辛苦了，一辈子前半生拖儿带女，年老了照料孙子外甥，便决定接她老人家回沅陵，到我们家住。我们的子女都已经大了，老大金平已工作，老二金琼读高中，老三读初中，不再需要她老人家费心了。

这年十月，淑珍主动提出，她去郑州接母亲回来。便给钦明打电话讲明我俩的想法。钦明连声说不行不行！我们离不开她老人家！淑珍一听心中难免有些气愤，就回答说："有什么不行？这么多年来，她老人家先是跟大姐住，接着跟蕙芝妹妹住，现在跟你们住，拖外甥，带孙子。几十年了，我们一声未吭。现在就是轮流也该轮到我们家了！你说有什么不行！"钦明无话可说，只好应允。

第二天，淑珍买好车票。第三天就出发了。在路上需要两天两夜，才到达郑州。在那儿住了两天，她就把老人家接回家来啦！说到做到，如愿以偿。

她婆媳俩到家那天，正好是星期天。金平三兄妹都翘首以盼。她们一进家门，就上去拥着祖母坐下。孙女金琼与祖母特别亲热。当年她和哥哥金平跟奶奶在乡下住过几年，建立了非常深厚的感情。今天一见，说不出的高兴。但他们知道祖母劳累了几天，很乖巧地没有拖住祖母不放，想让祖母好好休息一下。

老娘来了，老祖宗来了，怎么都得好好陪陪她老人家。吃的、用的、住的自然是要细细置办的，另外还要领着她四处看看。有人说，陪伴就是最好的孝心，这真是至理名言。她老人家来沅陵的第二个星期天，我们一家人全体出动，陪她老人家游览沅陵县城的名胜古迹。

观光的第一处是胜利公园，瞻仰湘西剿匪烈士纪念塔。边看边讲，向她老人家介绍一些我们湘西剿匪时解放军剿灭土匪张平、宋官荣的一些故事。大家有说有笑，轻松愉快。

塔旁有一小亭子，内有供游人休息的小凳子，我们就走进去休息。然后，就在这小亭子外，我们一家人合影留念。娘站在中间，我和淑珍在她左右，金琼、金安站在她身前，金平稍稍靠后。大家围绕在她老人家身边，亲亲密密，欢欢喜喜，每个人脸上都洋溢着欢欣和愉快。时间就定格在那个瞬间。以后每每看到这张照片，我都会自然而然地想起那个难得的周末，想起娘还在我们身边的温馨岁月。照片尚在，弥足珍贵。

全家福（中间为母亲龚陶香，后排右二为作者）

观赏公园后，我们便从胜利公园正门往河街走去。一路上走走停停，说说笑笑，不觉来到沅陵大街最热闹繁华的中南门。见一绸缎庄，淑珍对娘说：“娘，我们进去看看，你挑选一段自己中意的布料，我们给您老人家做件衣裳。”娘忙说：“不要不要，我都有，莫乱花钱！”淑珍说：“您老人家难得来沅陵，做一件衣服也是个纪念呢。”淑珍执意要给她做一件，娘也就不再推辞。于是，经过一阵精挑细选，挑中了一段绸料。淑珍又带着娘在旁边的缝纫店量好尺寸大小，交给缝纫店。

不久，衣服取回来了，让娘试穿。娘一穿上身，淑珍便赞不绝口：“您老人家穿上这件衣服真好看！非常合身，式样也好，布料摸着也很舒服！您觉得怎样？”

娘一双眼睛笑得弯弯的，直夸："不错不错！我一来就让你们破费啦！这种布料太贵啦！"

淑珍马上说："娘莫客气哦，这是我们做儿子、媳妇的应该做的。您不嫌弃就好！"

娘就很真诚地感谢着，眼角嘴角都是笑。娘是慈祥的，话也不多，但她那种平静和温婉，让人心里特别舒坦和满足。年老的母亲，在家里渐渐习惯，渐渐露出很安详宁静的笑容。我看着心里也是说不出的舒坦。总觉得，自己亏欠母亲的，得慢慢地用陪伴来弥补才是。

没过多久，我和淑珍发现，每天我们去上班的上班，上学的上学，她老人家一个人在家待着，也很寂寞。虽然有几个邻居婆婆可以聊聊天打发时间，但她一个人在家待的时间还是很长。

淑珍在妇联上班，交际面广，消息灵通，听同事说沅陵有个商家出售金星牌彩色电视机，存货不多，便与我商量打算买一台。其实那会我们家的存款买个黑白电视机还差不多，要买彩电，的确有点吃力。但淑珍的想法很有预见性。我们发现，孩子们喜欢看彩色电视。每到周末，学校办公室会打开彩色电视播放电视节目。孩子们早早就吃完饭洗完澡，跑到一中的办公室去占座看电视，回来聊着新看到的节目，两眼放光，兴致勃勃。假如买个黑白电视回来，一时半会的可以凑合，但孩子的心肯定还在外面的彩电上。

于是我俩商定，即使彩电贵好多，我们也得买！想想办法吧！我说："机会难得，我去学校借点互助储备金，下决心，买一台吧！"淑珍点头同意。当时金星彩电是抢手货，较难买到。淑珍熟人多，路子广，就找到一位与商家关系较好的朋友，“走后门”买到一台。搬回家时，两个小家伙高兴得跳了起来！这下不用到别人家去看了，也不用挤到学校办公室去占座了！当然，我们决定买电视的初衷不是为了他们姐弟俩，而是为了母亲。但客观上讲，一家人都受惠呀！

电视机买了，安放在何处又成了问题。当时房间狭小，没有客厅，是个难题。想来想去，决定摆在母亲睡觉的房里，那里要宽敞些，老人家也方便些。于是，我们就在木匠铺定做了一个电视柜，买回家后将电视放上去。观看时，大家搬把椅子或凳子坐下即可。但老母亲坐在硬椅子上不舒服，于是又托熟人从外地购了一把较高较宽的藤椅，柔软一点，给她老人家专用。应该说，凡是能够为娘想到的，淑珍都想到了。我看在眼里，喜在心里。

总关情

我们接母亲回来，是想让她老人家安度晚年。家务事尽量不让她动手。一天做几顿饭，洗几件衣服，淑珍完全可以承担。只是中午饭要她老人家帮帮忙，这样我们就可以抓紧时间休息一下。柴米油盐、家中用水（那时没有自来水，用水都是从水井中打上来挑回家的）都准备好。

因此，每天中午我们回家，她老人家已经将饭菜做好，一进屋就有现成的饭菜可吃了。别的事情，我们一般不让老人家动手。但是，老人闲不住，不是扫地，就是擦地板、抹桌椅，弄得干干净净的。

她老人家还看到，其他家务事都好办，就是洗被子比较麻烦，需要遇着好天气。周末淑珍在家，但是有时候天公不作美，下着雨，或者阴着脸，都没有办法洗。那时候还没有洗衣机，靠着太阳晾被子是最方便快捷的。人们也只在大晴天，才拆下被子来洗。碰到大晴天，母亲常在我们都出门后，将被子拆下来洗了晾晒，一天洗一床被子。我们都很过意不去。毕竟老人家年纪大了，太费力，我们就阻止她这么做。淑珍说：

“娘，洗被子太费力，您老人家做不动的！如果摔倒了，伤了手脚可怎么办？下次不要洗啦！”

母亲龚陶香 1971 年于河北石家庄留影

娘却说：“你们天天上班，赶来赶去的，哪有时间洗被子？这回恰好赶到个大晴天，我慢慢洗，不费力的！”淑珍听后，也不好说什么了。只是留了个心眼，以后有机会都提前洗被子，免得让老母亲操劳。

老大金平从芷江师范放暑假回来，两手空空，没给奶奶买点水果什么的。淑珍见后很不开心，严厉地批评金平不讲情义。说奶奶当年带他和金琼，晚上还起床喂他喝牛奶、换尿布。他却不能在自己力所能及的时候，对奶奶表点孝心。

母亲见状很不安，赶忙护着金平："淑珍，你也是哦！难为平平（娘总是这么称呼孩子的）干什么呢？水果、糖果的，你都已经买得有了，有吃的，不要麻烦他！"

金平自己觉得失敬，便说："我一定听妈的话，以后改正！奶奶，对不起！"

还有一件事，令人难忘。有一天，我上夜班回到家里，只见淑珍和金安在聊天，不见母亲，就问淑珍：

"娘哪里去啦？"

淑珍用手一指金琼的小房间，轻声说：

"那间房里。"

我不声不响地走过去一看，娘坐在床上。床头与金琼的书桌并齐，她两眼静静地看着金琼，不言不语、不声不响。金琼正在埋头写作业，也很投入。

母亲与金琼合影

当时我没有打搅她们，过后我问娘：“娘，你不去看看电视，坐在金琼旁边看她写作业、看书做什么？她也没有时间和您多说说话，您坐那里没有意思吧？”

娘说：“福明，你不知道，我坐在那里看她读书、写字，比看什么都暖心、舒服！琼琼聪明伶俐，又很刻苦用功，成绩好，将来一定会像你一样考上大学，有出息的！我看着也满意、开心呢！越看心里头越踏实！”

我听后有些吃惊，娘啊，您老人家心里装的事情与一般的老人就是不一样啊！

事后我对淑珍说起这件事，她笑着说：

“我和娘谈起金琼读书的事情，我问娘，您老人家那么喜欢金琼，她若高中毕业考上大学去读书，您怎么办？她就说：‘她的成绩这么好，大学一定考得上的。’我又问：‘您怎么舍得她？是考上好还是考不上好？’她说：‘这个道理我懂，当然是考上好。就是我心里牵挂！’我忙说：‘没考上，不离我们左右，将来也没什么出息。若金琼她爸爸没有考上大学去读书，现在能在一中教书吗？还不是只能在老家内溪堉待着。这一点您老人家要想开一点，看远一点哦！这分开也是暂时的，等她大学毕业后，您老人家就可以搬去跟她住了，那就可以不牵挂了。’娘说：‘那还要三四年呢，我不晓得等得到等不到哟！’我就说：‘您身体这么好，一定等得到的！’她听后没有说什么。”

我们怎么也没想到，几个月后，她老人家突然生病，送往人民医院检查后，发现是肺气肿，需要马上住院治疗。那段日子，我们很焦急。白天淑珍在医院照料母亲。我要上课，不好请假，就晚上去医院陪伴，带上写好的教案、课本，不时翻翻看看。娘躺在病床上看我，像看金琼读书一样。我有些难过，心里想，她老人家可能很舍不得金琼吧！于是我便劝她早些休息，不要想那么多，也不要担心我的工作。等她入睡了，我就在一边侧身休息。

这期间，金平兄妹多次来探望祖母。每次他们来，娘就格外高兴，双眼长久地看着孩子，很满足很安宁的样子。过了八九天，母亲渐渐康复了，终于可以出院回家了。

教子女

1984 年 3 月，淑珍参加怀化地区妇女工作会议，获得湖南省妇联怀化地区办事处颁发的荣誉证书，证书上的题词为：“全淑珍同志：二十多年来，勤奋工作，为妇女的解放事业作出了贡献，特颁发荣誉证书。”在大会上，淑珍做了发言，题目是“我是怎样教育子女的”。淑珍回来说，自己也没有什么理论水平，教育孩子也是我们共同努力的结果，当时大会非要她谈谈育儿经，她就讲了些平时生活、教育的事情。

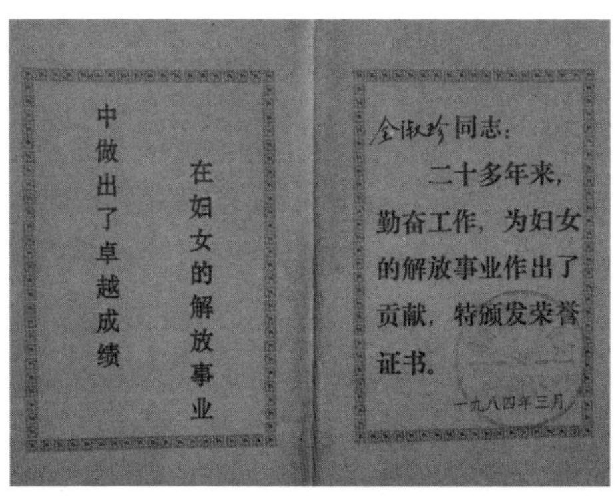

在妇女的解放事业
中做出了卓越成绩

全淑珍同志：
二十多年来，勤奋工作，为妇女的解放事业作出了贡献，特颁发荣誉证书。
一九八四年三月

淑珍这次发言大致的意思是：我是一位有三个孩子的母亲，三个孩子都是三好学生。邻居同事称赞他们有礼貌、肯学习、求进步，都夸我教育得法。其实我不懂教育学、心理学，有时教育也不得法。现在和大家一起分享一下教育子女的一些情况，还请各位多多提些批评意见。

我下乡工作二十余年，把孩子放在一中跟着他们的父亲长大，孩子的父亲很体谅我的难处。家务事上，我们根据孩子的年龄进行分工，让他们从小学会做点家务。这样也可以减轻一些父母的负担，改掉依赖父母、饭来张口、衣来伸手的坏习惯。这对孩子们的健康成长很有好处。

为了鼓励孩子们的积极性，我们制定了奖励办法，一月一小评，一季度一大评。一个月快要到期时，我利用周末回到一中的时间，参加家里的评比会。有一次评比的结果，是三个孩子都有奖，他们兴致勃勃，感受到了被肯定的快乐。季度奖一般奖励比较隆重，主要是购买新衣服、鞋子等。

父母是孩子最好的老师。我们的言行对孩子起着潜移默化的作用。我对工作是兢兢业业、任劳任怨，老金也是勤勤恳恳、扎扎实实，他教语文、当班主任、担任教研室组长，按时上班，从不迟到早退。他的行为对孩子的影响是非常巨大的。古人说："近朱者赤，近墨者黑。"老金的空余时间几乎都用来看书学习，很少与别人闲谈闲聊，家中杂志书籍不少，孩子也养成了爱看书的习惯。……在生活上，我们不准孩子与别人比吃穿，而要比学习，比表现。我们的孩子除了周末看电视或电影，其余时间都不能看。有电视，但是锁起来了，没有办法看。所以，三个孩子成绩都还好。十多年来，我们做家长的只是尽了一点做家长的教育责任。

淑珍向我“汇报”的大致就是这些内容。我当时还揶揄她，你那么大张旗鼓地吹牛皮，谈教育，以后孩子如果没出息，看你怎么下台哦！淑珍哈哈笑着说，压力也是动力嘛！我也没有讲假话讲大话呀！确实是家里有个评比会呀，确实是你的言传身教呀！别人怎么看，我就管不着啦！

小儿子金安的军装照

如今，三个子女都已经成家立业。老大金平毕业于湖南教育学院，在沅陵一中教书，是中学高级教师；老二金琼，湖南师范大学本科毕业，华中师范大学研究生毕业，后来还读了暨南大学的博士，现为广州大学教授；老三金安，石家庄军械工程学院毕业，团级干部，现已退役。

话说回来，1984 年 9 月，淑珍被送往湖南省妇联妇女干部学校，学习哲学、法学和妇女学。学院百余人，她年龄最大，48 岁。但她学习特别刻苦，上午听课做笔记，下午自学，晚上整理课堂笔记，加深理解。因她初中肄业，学习基础较差，只好苦学苦练，联系社会实践，结合生活经验，以证实法理。结业考试分数下来，人们惊异万分，这位全大姐的法学课程居然得了 94 分，当时 90 分以上仅有四人！

省妇联赵副主任召集成绩优异者开座谈会，表扬了大家学习刻苦，成绩优秀，勉励大家回去后好好工作，并告诉学员们回到县妇联后，要向律师事务所所长汇报自己的成绩，要求申报县妇联兼职律师。沅陵县妇联为淑珍申报兼职律师获准，发给她律师资格证。这样，在年近五十的时候，淑珍又在工作上有了新的飞跃与突破，成为一名兼职律师了。

这件事对我们全家都很有教育意义。淑珍的积极上进和好学努力，为我们一家树立了一个榜样。孩子们见母亲还在努力学习追求进步，自然有很大的震动。金琼就不止一次说起，她一直记得母亲夏天的时候，在昏黄的灯光下，不少蚊蝇围着灯泡转悠着，淑珍放上一张饭桌，（因为所有的书桌全被家里的老师和学生占领了）上面铺上报纸，摊开书本和纸笔，戴上眼镜（淑珍平时不戴，看书时有点老花了，要戴眼镜），脚下还有一个“神器”——一个大塑料桶，桶里装着大半桶水。

为什么要这样呢？因为蚊子太多，点蚊香又会熏得人头晕眼花，而且也太浪费。于是她想出了这么个点子：接上大半桶水，把脚泡在桶里，一来可以防蚊，二来可以降温，两全其美。

淑珍就在这样的环境里看书学习、复习应考，最后拿到了高分，甚至当上了兼职律师。孩子说，这种精神对他们的触动真的非常巨大！金琼总是讲这件事情对她的强烈“刺激”，那会儿她刚进入高三，学习正是越来越紧张的时刻。榜样的力量果真无穷，她也暗下决心要拼一拼呢！

京城游

1986 年暑假，一中工会组织部分教职工去北京旅游，我和张必衡、舒序铸、姚运卓、徐经桂、邓楚材、吴云等二三十位老师同去。从沅陵乘汽车到长沙，再坐火车到北京。

我们一中的大多数人是第一次出门远游，兴奋好奇得很。坐在火车上风驰电掣，窗外的美景一晃而过，美不胜收。我一下子想起当年汪荣福校长为激励学子发奋向上而提出的口号“跨长江、过黄河，直取北大清华”！那些年本科升学率很高，有 80% 以上，的确有不少学生考上了北大和清华，像潘一燕、田立延、康能成等。毕业后，他们都留在北京工作。这次听说我们一中的老师去北京游玩，他们便邀集北京校友几十人来北京火车站迎接。一下火车，我们便看到他们夹道欢迎，甚是隆重热烈，且已经安排好我们住宿的宾馆。师生谈笑风生，好不热闹！

第二天，我们前往天安门。到达后，我们三五成群，分散活动。我和语文组的张必衡、舒序铸、姚运卓三位同行。来到天安门前，广场之开阔、城楼之雄伟，令人咋舌。往日在电视中见过其庄严气派，今日身临其境，感到无比振奋！我们快步走向天安门城楼，一心想着登临俯瞰的感觉，好好过把瘾！谁知，天不遂人愿，竟然暂停开放！我们大失所望。好在马上就可以去故宫，那里还有我们可以好好领略的诸多文物和景观呢！想到这里，心绪也就稍稍平和了些。

这座紫禁城，真是琼楼玉宇、金碧辉煌。封建帝王的住所，原来是这个样子的！我们四人都来自农村，见惯的是竹篱茅舍，即便见过地主富豪的高门宅院，与这里的皇宫相比，自然也是相形见绌了。一路参观了“外朝”的太和殿、中和殿、保和殿这些皇帝举行朝会的地方，还有“前朝”的乾清宫、交泰殿、坤宁宫这些皇帝与后妃的住所。里面很多摆设，都是我们闻所未闻、见所未见的，也算是大开眼界了。

后来，我们走到了故宫的北部，看到了崇祯皇帝自尽的地方，不免感叹唏嘘一番，那么多封建帝王在这里建立功勋、享尽荣华，他却落得如此下场，实在可悲可叹！

第三天，逛颐和园。这是皇帝和妃嫔们游玩的地方，自然气派非凡。这里山青水幽，景色秀丽，是名副其实的“风水宝地”。果然是“虽由人作，宛自天开”，既恢宏富丽又和谐自然。佛香阁、长廊、石坊、苏州街、十七孔桥、谐趣园、大戏台……我们一路走走看看，迤逦而行。长廊是最让我们感到兴味盎然的地方，全长 728 米，游廊上绘有图画 14000 余幅，传统故事、山水风景、花鸟虫鱼，应有尽有，琳琅满目。我们完全沉浸在艺术的氛围中，被精湛的技艺和秀美的景致深深吸引……700 余米长的回廊，我们竟驻足流连了一个多小时！

作者（左一）与同事舒序铸等老师合影

接下来是游览昆明湖。湖水碧波荡漾、波光粼粼。堤上桃柳成行，十七孔桥静卧湖中。那艘精美绝伦的石坊，仿佛在乘风破浪，一路前行，令人如在画中游。

第一次到北京，不能不去的地方，自然还有长城。第四天一大早，我们便做好了准备，穿上柔软防滑的鞋子，带上一瓶水，备好充饥的干粮，整队出发。来到城墙高处放眼四望，青山满目、白云悠悠。长城蜿蜒曲折，绵延而去，气势磅礴，古朴苍劲。万里长城，果然名不虚传。

近看这一块块的砖石，一级级的石梯，一段段的护城，眼前不免涌动着成千上万人背运、肩挑、手搬、车载的洪流，仿佛看到孟姜女哭倒长城的凄然，犹如听闻长城边号角连营的悲歌，好像目睹了胡人无可奈何的长叹，又似乎感受到这浩浩长城的威严与坚固。它是不可逾越的屏障，也是漫漫历史的见证。

这是游览北京最让我心潮起伏的一天，思绪仿佛穿梭于现实与历史之间，人也变得更肃穆静默了些。这种厚重与无言，令我想到了美学上的一个著名说法“大美无言”。长城之美，言说不尽，无法言说，只能让那份独有的震撼之美，在心灵深处慢慢沉淀……

观光十三陵也让我久久回味。明十三陵坐落于北京市昌平区天寿山麓，自永乐七年（1409）五月始作长陵，到明朝最后一帝崇祯葬入思陵止，历经二百三十余年，先后修建了十三座皇帝陵墓、七座妃子墓、一座太监墓，共埋葬了十三位皇帝、二十三位皇后、两位太子、三十余名妃嫔、两位太监。

其实，明朝共有十六位皇帝，有两位葬在别处，一位不知所终。明朝开国皇帝朱元璋，建都于南京，死后葬于南京钟山之阳称“明孝陵”；第七帝朱祁钰葬在北京西郊玉泉山；第二帝朱允炆（建文帝）下落不明，其余十三位都葬在天寿山，所以称“明十三陵”。这是一项绵延两个多世纪的巨大工程，象征着皇权最后的威严与至高无上的尊荣。

我们挑选了定陵作为主要的参观地，定陵是十三陵中最大的三座陵园之一。走进地下宫殿，参观了皇帝朱翊钧以及他的两个皇后孝端、孝靖的三副棺椁，另有三千多件精美的器物。金冠、凤冠等造型精美、制作精巧；盆、壶、碗、觥、钗、钿等琳琅满目、精美绝伦。即便是定陵的“外罗城”（外墙）长垣上，也“琢为山水、花卉、龙凤、麒麟、海马、龟蛇之壮（状）”，莫不“宛然逼肖”“巧夺天工”。

短短几天的游历，真有一种穿越的视觉冲击与心灵撞击，这对我们这些生活在湘西大山脚下的人来说，真是一种开阔眼界的大好机会。游完北京，我和舒序铸意犹未尽，又在武汉盘桓了几天。他在那里有个亲戚，带我们游览了珞珈山、东湖，还登上了黄鹤楼。“黄鹤一去不复返，白云千载空悠悠”，古人那种思古之情怀、怀乡之拳拳，也深深感染了我们。

作者（左一）与舒序铸等于黄鹤楼前合影

终于，我俩兴尽而返，回归故里。故乡的路，又那样清晰、那样亲切地延伸在我们的脚下……

发善心

1986 年 6 月，教师开始进行专业技术职称评定工作。在沅陵县城，我和外语组杨珏最先被评为中学高级教师。不久，我收到怀化地区教育委员会职称改革工作领导小组下发的聘书，任用我为怀化地区小学教师系列高级专业技术职务评审委员会语文组成员。评审工作分两步走，第一步由各县教委组织县级评委会初审，名额由地区教委确定；第二步，县里评定后将被评上的各级教师名单递交地区定评。

在地区评定时，我县负责递交材料的张家乾同志对我说，我县有位申报小学高级教师的朱国青情况非常特殊，示意我关照一下。他向我详细介绍了朱国青老师的情况。原来，他是转业军人，回乡后被安排在蚕忙乡一所小学任教。这所学校在山界上，那里只有几十户人家，上学的只有一二十个学生。朱国青一人教数门功课，跨几个年级，单打鼓、独撑船。他将孩子按年级分好，一二年级一个班，三四年级一个班，毕业后再上高小。

朱老师教学能力一般，但教学任务繁重，一天到晚忙个不停。家中生活十分困难，爱人和两个小孩的生活全靠他一人负担。妻子是农村妇女，且体弱多病，需要照顾。朱老师下班后常常手忙脚乱，苦不堪言。更有甚者，他的家不是瓦房，连木房、茅草房都不是，而是一个“岩壳”，即山里的大石洞！大石洞里，真是只有三块石头架口锅，桌子、板凳、床铺就更不用说了，都没有齐全！这种状况，不知道他们一家人是怎么生活的！

听到这些，我大吃一惊：怎么身为教师，连住房都没有一间！解放这么多年了，这种情形应该是绝无仅有啊。我问张老师，朱老师家这么困难，有关部门怎么不想办法为他解决呢？张说，朱老师这个人性格有点古怪，脾气硬得很，很少求人。当地没人管，他只好给当时的军委主席邓小平写信诉苦，但是信件被有关部门扣下没有发出去，根本不可能传到北京。

在轮到评审沅陵教师的那一天，我找到地教委分管小学教师评审工作的负责人薛根生同志，向他介绍了朱老师的情况，并谈了我的想法。我说，像朱老师这样的教学情况，参照要求，评职称是很难通过的。但我提出一个建议，将他破格评定，作为特殊情况予以照顾。你看怎么样？薛同志思考良久，让我在评审大会上试试，大家如果通过，求之不得，不同意，也就无计可施了，程序还是得这么走的。

正式评审那天，当评到朱国青老师时，我第一个发言，将朱国青的材料、小组评审的意见，以及我所了解的具体情况都一一讲出，然后表明了我的态度。我说：“各位评审同志，按照国家规定的评审条件，朱国青老师是没有达到的。小组评审没有通过是正确的。不过，我有个想法，对大家不妨谈谈，请各位审议。直言不讳吧，我希望给朱老师来个破例！他虽然教学能力有限，但偏远乡村的老师一个人干两三个人的活儿，一个人包了三四个年级的课程。即便这些都不说，单就住房这一点，我们看着就心酸。现如今，老师中还有谁住在岩石洞里？他这种情况是谁之过？职称评审通过了，至少待遇也会稍稍好些。恻隐之心人皆有之，我请大家高抬贵手，让他通过！”

我这么一说，有几位评委便也附和着“这样好”“这样好”！薛同志也心中有数，马上见机行事：“我支持金老师的意见。希望大家发个善心，破例通过！”于是，大家纷纷举起手来，全票通过！大家为朱老师做了一件好事，我也默默祝福朱老师的境遇会慢慢有所改变。

还有一件事顺便说说。我看到芷江的老师中，五十岁以上的几乎没有一个通过评审，而破格晋升的青年教师却大有人在。我觉得有些不公平。老教师辛辛苦苦，培养的学生不计其数，没有功劳也有苦劳，论成绩讲贡献应该不会比那些年轻人少。只不过用于科研和教学比武的时间精力要少一些。这些老教师快要超龄了，这次评聘几乎就是他们最后一次机会了，过了这村难得还有那店啊！而年轻老师却势头较猛，今年评不上，明年或者过两年还是会评上的。在名额有限的情况下，应该向老同志适当倾斜一下。我就在评审大会上，谈了我的这个想法，请大家考虑。评委们讨论了一番，觉得我的考虑很有价值，也很有人情味儿。最后评定时，有六位高龄教师通过评审为小学高级教师，破格年轻教师也有一两个，作个标兵，以激励青年教师向先进看齐，创造更佳业绩。

现在想来，我这两次为别人说话，替他人着想的事情，是让我非常满意的。有时候，善良是一种情怀，是一种对他人的关爱与体谅，是一种对弱者的最大诚意的帮助和扶持。原则固然要讲，但原则不是死的，原则是为人服务的。我想，假如这样的善心我们大家都能遇到一次、几次，我们的人生路、我们未来的路都会宽阔和平坦很多。

赠人玫瑰，手留余香。我默默祈愿天下善良的人、诚恳的人、正直的人，都走上更顺利平坦的境地，享受幸福宁馨的生活。

救翠英

1987 年 3 月，淑珍接到沅陵县政法委通知，与县公安局全占文（武警）、司法局张缘一起去天津市静海县解救我县张家坪一个被人贩子拐卖的妇女张翠英。她是被人贩子以工厂招工的名义骗至天津的。

淑珍等一行三人到了天津后，得到天津市妇联的大力协助，市妇联刘主任亲自陪他们一起去了静海县张翠英的住地。

张翠英被拐卖后与当地一个姓徐的男子结了婚。这个男子年龄较大，三十多岁，痴痴呆呆、笨头笨脑的，在当地找不到对象，没人肯嫁给他。其父母费尽心机，花了三千元从人贩子手中买来张翠英，逼她与其儿子成婚。

天津市妇联刘主任带淑珍他们三人来到张翠英所在的公社。公社李书记全力支持，派人将张翠英及其丈夫带到公社处理此事。男方的父亲和他家的几个亲戚随之赶来公社。

刘主任首先发言，她说：“旧社会，男尊女卑，搞的是包办婚姻。新中国成立后男女平等，婚姻自主。包办、买卖婚姻是违法的，是犯罪行为。我们带湖南沅陵县的同志来你们公社，就是解决这桩拐骗、买卖婚姻。请你们公社大队予以支持!”

公社李书记接着说:“刚才刘主任已经讲明了沅陵县妇联同志的来意,我们有同样的看法。拐卖妇女是严重的犯罪行为,法律不容,我们应该知法守法。沅陵县妇联要解救张翠英,我们坚决支持!这类买卖婚姻的事情一定要在我们这里铲除。”

徐父说:“几级领导都说我儿子的婚姻是违法的。我没有别的要求,但我们是花了一大笔钱买来的,你们不退钱,我就不放人!”

淑珍说:“你说要我们给钱,但我们不是人贩子,没有收你们的钱。政策就是政策!东西南北中,党是领导一切的!我决不会从湖南带钱来交换人。你们这种行为违法,本身就不可能得到法律保护!”

公社书记他们示意淑珍他们将人带走。市妇联刘主任赶快带淑珍等人上了自己单位的小车。刘主任走前面,淑珍与张翠英随后,全占文、张缘断后,迅速上车。公社党委派人打开大门让他们走。

此时,姓徐的一家五六口人一起赶来,将车拦住,用力拍打车门,大叫将人留下,气势很是嚣张。见此情景,唯恐出现波折,沅陵县的几个人只等大门一开,车子就冲了出去,飞快离开了静海县。

回到北京,淑珍他们休息了两天,游览了故宫、颐和园,登上了万里长城。

时隔数年后,淑珍碰到沅陵张家坪一个姓谭的熟人告诉她,张翠英回家后,嫁给了一个衡阳人,男家很不错,丈夫很体贴人,她还生了个胖小子,家庭幸福美满,心中不忘恩人。

受表彰

1987年11月，怀化地区妇联组织各县妇联领导同志对口检查地区各县的妇女工作。淑珍代表沅陵县妇联去参加检查工作。先后到芷江、通道、会同、靖州、溆浦等县进行检查。在芷江，淑珍发现全县各个大队都有幼儿园，且办得很好，使儿童很小就受到很好的教育，不仅培养了优良品质，树立了集体观念，还开发了幼儿智力，很值得学习借鉴。来到溆浦县则发现有90%的妇女参加了种红茶的劳动。这多是山坡上的功夫，妇女在妊娠期内、例假中时，可以避开水里的工作，减少许多疾病的发病率。还有通道县，大量妇女劳动力从事刺绣织锦等工艺劳动，她们编织的锦边彩带，绣出的龙凤虎豹，非常精致美观，远销海外，经济效益很高。

这些劳动分工极其科学有效，不仅极好地发挥了妇女之所长，而且极大地保护了妇女的健康。淑珍在检查工作中得到了很大启发，回县后向妇联领导汇报，并提出了一些合理建议：我县幅员广大，公社大队数量可观，可办若干个大队幼儿园；有碣滩、齐眉界、仙门等茶场，可以让大量妇女从事种植业。

我们可以充分发挥妇女的优势，维护妇女的切身利益，让她们大显身手，为社会创造财富，为儿童谋取福利。她的建议，很快得到领导关注与采纳，在全县各地执行，收到了很好的经济效益和社会效益。

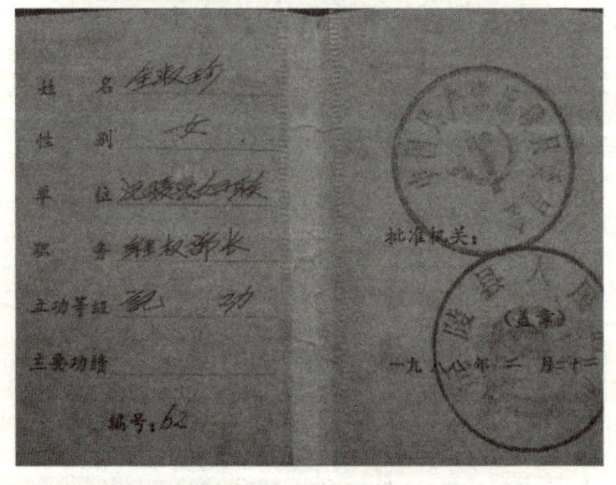

晒晒淑珍当年的获奖证书

淑珍在工作中能干实干，也很会动脑筋巧干，发挥其聪明才智，因此，她的工作效率较高。她还为县妇联献计献策，作出了积极贡献，深得领导重视和群众拥戴。1988 年 2 月，她荣获湖南省人民政府颁发的立功证书，1989 年 7 月 10 日，她荣获中华全国妇女联合会颁发的荣誉证书。现辑录颁奖词如下：

全淑珍同志长期从事妇女工作，为妇女解放事业做出了积极贡献，特此颁发荣誉证书。

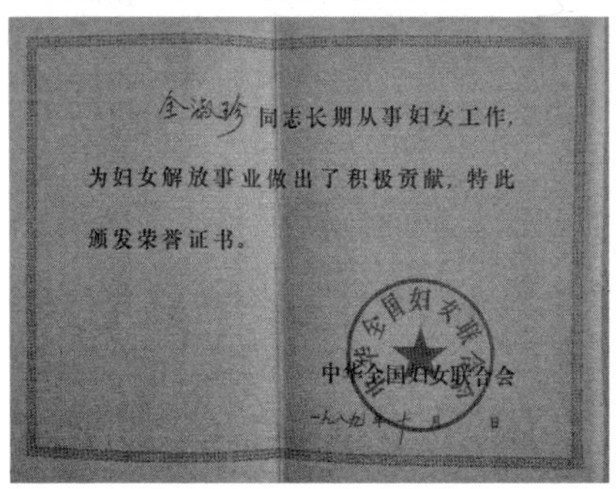

全淑珍同志长期从事妇女工作，为妇女解放事业做出了积极贡献，特此颁发荣誉证书。

中华全国妇女联合会

一九八九年七月 日

富有年代感的获奖证书

1991 年 7 月，湖南省妇联通知怀化地区妇联推选两位同志参加全国妇联组织的赴北戴河休养活动，地区妇联决定推选熊福珍（地妇联副主任）和全淑珍前往。全地区只有两个名额，领导们推选了勤勤恳恳工作、踏踏实实做人的淑珍，这令淑珍很激动也很感动，觉得荣耀和幸福，有一种获得认同的极大满足感。用她自己的话说就是：为党工作一辈子，苦不怕，难不怕，就怕不信任，不认同啊！

淑珍（左一）与同事在北戴河全国妇联干部培训基地前留影

淑珍 1991 年 9 月 8 日在北戴河（这是那个年代最拉风的照片）

第一次去北戴河，享受这样高级别的待遇，淑珍感慨万千，对同行的熊福珍说：“我做梦也没想到会有这么一天，我会到北戴河来休养！”有一天，她俩五点钟起床，赶到海边看日出。她人站在水边，伸出手向着东方，把太阳托在手上，熊福珍为她照了一张相。摄影效果特别神奇！她们很惊叹很喜悦，度过了一生中非常难得的美好时光！

淑珍 1991 年 9 月 8 日在北戴河黄金海岸留影

当然，这样完全沉浸在自然之美与震撼中的时刻还有观海潮、登山海关长城。当潮水涌来的时候，波澜起伏、气势磅礴，而山海关长城城头宛若虎头，惟妙惟肖。

淑珍在山海关

北戴河休闲一共七天。从来没有过的全身心放松，每天的任务就是好好观景、好好吃饭、好好休息。淑珍说，弄得人都变得懒洋洋的了。日子每天都是新的，都有新的体验，与同行们的交流也很多，主要是日常生活上的闲聊，家庭、孩子、丈夫、老人……都是说不完的话题。大家都是各个单位选派来的优秀分子，放下了平时工作中的铁人形象，还原了一张张温婉主妇与温柔女性的面孔，体验到了工作之外的悠闲生活之趣味和轻松。

回到北京，淑珍和熊福珍一道去拜访从沅陵老家调过去在全国妇联工作的莫文秀同志。莫文秀当时在党校学习，后回到办公室。以前的老同事如今在北京短暂相聚，真是说不出的激动和兴奋！那种亲热的感觉和喜悦，非言语所能形容！莫文秀留她俩多玩两天，但她俩休闲已经近十天了，组织上给的假也快到期了，且早已买好返程票，所以匆匆一见，便又挥手作别，多少有些遗憾啊！

淑珍在天安门前留影

回来后，淑珍再次全身心地投入了工作。1991 年 10 月，淑珍参加妇联系统税法宣传教育活动，工作出色，被评为先进个人，荣获湖南省妇女联合会、湖南省税务局颁发的奖励证书。1992 年，她参加农村社会主义思想教育工作，成绩显著，被评为优秀工作队员，荣获沅陵县委社会主义思想教育领导小组颁发的荣誉证书。说实话，我写下她获得的诸多奖励，并非要为她吹嘘，更不是替她炫耀成绩，而是为了说明一件事，就是她对待工作从来都是身先士卒，从来都是尽心尽责的，所以，只要她接下来的工作和任务，就没有不高质量完成的，这也是她的工作准则和为人处事的要求。从高从严要求自己，成了一种惯性。

献余热

1993年2月，淑珍年满57周岁，经多次提出申请才获准退休。不久，就又被沅陵县法院请去协助他们清理档案。每月酬金仅150元。可她根本不计较。工作认真细致，不嫌麻烦，一干就是三年。期间，1995年9月，她被人民法院聘请为少年法庭特邀陪审员。对这项工作，淑珍特别乐意承担。她在女中读书时曾参加过一次公审公判大会，那时，审判台上坐着一位女陪审员，她叫张鸣，身材高大，相貌端庄，非常威严。她当时就羡慕不已，心想如果有朝一日，自己也可以做一名律师或者陪审员，像张鸣一样坐在审判席上为人们伸张正义，那该多好啊！今天终于如愿以偿，她欣喜异常，一干又是数年。生活充实，心中舒畅。

我1995年年满花甲，申请退休。一中校长舒易芳留住我不让退，他说：“你别着急，干几年再说！”

我说：“那不好吧？我都六十了，再不退别人会有意见啦！”

他又说：“那你把手续办了也可以。但是人要留下来陪我干几年！”

我就说：“好！留下来可以，但我不上讲台了，让年轻人去上吧！现在上好一堂课不容易，备课难，不认真就要误人子弟，马马虎虎，自己也过不去！……”

他也不勉强：“那你就不上讲台，帮我抓一下中心教研室的工作，可以吧？”

我很爽快地回答：“可以，可以！助你一臂之力！”

接着，他还留下了生物教研室的邓世雄、物理教研室的杨开伦、外语教研室的谢欣增等原教研室组长和我一起干。

我们的主要工作是“督导”，无非就是听青年教师上课，然后认真评议，辨明优劣，说明得失，总结经验教训，指出努力方向，并详加记录，留存档案。我们几个照此办理，每听一堂课，就与任课老师交流，做到开诚布公，该表扬的就狠狠表扬，该改进的也绝不含糊，让年轻人获得教益，心服口服。

这项工作前后干了四年，几乎将全校每位老师的课都听了一遍，并评出等级，使得领导心中有数，以便知人善任。舒易芳对我们几位的工作很是满意。四年后，邓杨谢三位辞工，我又被副校长麋健留住，他要我为他培训几位刚进校的语文组青年教师全文凤、金贺英等。我毫无保留地把自己多年积累起来的教学经验一一传授给她们，精心辅导她们备课上课。一年后，我正式辞工。这几位年轻人不负众望，后来成为一中的教学中坚力量，令人欣慰。

在此期间，我们还带领一中部分教师去省内几所中学观摩教学活动。先后去了常德一中、娄底一中、涟源一中、南县一中观摩，进行教学交流，获益良多，对提高青年教师的应变能力、教学能力均有很大帮助。

趁此机会，我还会见了我在湖南师院时的几位学友，如常德一中的危觉愚，常德市教研室的吴元林，南县管教育工作的副县长吴敏政等，老同学久别重逢，那种愉快心情，真是难以尽述呢！

桑榆晚

1998年农历十月三十日，我年满63岁，已经退休两年，仍留在一中抓中心教研组的工作。听听课，评评教，辅导几位年轻的语文教师，既充实又自在。

谁知退休这件事情被原沅陵一中高二十四甲班的学生知道了，他们大吃一惊："怎么，我们的班主任金福明老师退休了？我们以为他老人家一直在一中任教，还未到六十岁呢！他六十大寿时我们未能给他老人家祝寿，真遗憾！"……该班学生舒克友，在校时是学校团总支委员，品学兼优，工作能力也很强，在学生中享有较高威信。他对班上同学说："金老师六十大寿我们错过了，今年我们给他补过一个生日不也一样吗？"大家一致表示赞同。

他们是1968年毕业的，于今已经整整三十年了，还没有忘记我这个班主任。我生日那天，舒克友带着已经约好的侯永祥、张端英、邓先菊、瞿继安、粟桂生、宋水芝、张花香、范吉孝、顿有志等同学，兴高采烈地来到我家，一进门就齐声道贺："敬祝金老师生日快乐、福寿安康！"

我忙请他们就座。学生们个个欣喜雀跃。舒克友抢先说：“金老师啊，有礼莫嫌迟！我们来迟了三年，实在对不起！”

我忙说：“可别这么说！这么多年了，你们还记得我这个老师，让我很感慨啊！高兴还来不及呢！”

大家围着我问这问那，非常亲热！整个客厅沉浸在欢乐之中。

他们带了一副大型的寿联：“福如东海长流水，寿比南山不老松。”十四个铁画银钩的大字，大气精美。另有寿金千元、生日蛋糕等。写到这里，我不禁想起七年前（1991 年 3 月），这个班的舒克友、宋德龙、张灵找、张灵坤、张端英、唐福秀、刘友香、邓先菊等来我家探望的感人情景……

当时，我家住在大白果树旁的旧宅中。两间小房，二三十个平方。屋旁搭建一个厨房，兼作客厅。那天是星期日，淑珍正好也在家。学生们成群结队地来家里，还是第一次。我们忙热情地迎接他们进屋。一入座，学生们就热切地问这问那，我们欢快地叙说着、畅谈着，气氛非常和乐！久别重逢，心里说不出有多高兴！他们带来了很珍贵的礼物，一块长方形的匾额，上有苍松翠柏、绿树红花，色彩斑斓；另有一床羽绒被，松软轻盈。这块匾额一直悬挂在客厅里。

想到这里，更为激动，忙对学生们说：“感谢你们来看望我们，还带来如此贴心的礼物！看看老师便好，不要这么客气啊！”

学生们又是一阵回应：“老师，应该的！”“见到老师这么硬朗这么健康，真是好啊！”

寿联挂在书房墙壁上，匾额悬在客厅，羽绒被也在轻寒时节翻出来使用。时间过去了近二十年了，每每看到这些物件，便想起当年学生们的欢声笑语，想到自己那会儿的爽朗健谈，于我也是一种温暖的记忆……

该班与我的关系是我所有任教的班级中最好的一个。他们于1965年秋入学，一年后就遇到“文革”劫难，没能好好读过几天书。由于没有教材，作为老师的我，也只教过他们一些毛主席诗词，数篇政论杂文，文化科学知识的教授是微乎其微。但师生之间的关系却是历届中最亲密、最平等的。我与他们既是师生，又是朋友。

另有一件事，我至今记忆犹新。“文革”中大批斗时，我因家庭出身富农，被我任教的另一个班的极“左”思想严重的学生揪出来批斗。高二十四班的学生知道后，暗中组织了十几个身强力壮的男学生，悄悄进入批斗现场查看阵势。事后，他们告诉我：“金老师，当时，我们是去暗查他们会对你怎么样。如有粗野行为，我们就对他们不客气！”原来，他们是去做我的“保镖”的！学生们群情激昂，稚气未脱的脸上满是抑制不住的义愤。幸亏，“批斗”很柔和，要不后果还真不堪设想！我也深深被学生们的淳朴情感所触动，内心万分感激。这些学生有：顿有志、张灵找、粟贵生、瞿绍贯、宋德龙、张灵坤、佘宏清、张贻新、侯永祥等。

祝寿的学生我也记得不少呢，舒克友、宋德龙、张花香、陈开英、张瑞英、刘丽丽、佘宏清、粟贵生、张灵坤、张灵找、邓先菊、张素云、侯永祥……看来，师生、朋友的情缘也是人生中最美的相遇，时常感念着他们，也就感念着自己的青春岁月，感念着无法忘怀的逝水年华，这些生命里的珍藏。

对了，这个班的团支部书记向本秀，是个官庄人，为人朴实，对我非常敬重。我生日宴那天，她不知情。一个月后获悉此事，便带着她的女儿特地登门补贺生日。我真是很感动！也深深觉得自己作为老师，当年为他们做得真是太少太少……

以后的日子里，这个班的学生时不时地聚会，每次都要请我到场。我们去得最多的是佘宏清的儿子开在苦藤铺的一家湘西腊味馆。佘宏清多次请同学在此相聚，也盛情派车接送我和老伴前往。一般说来，我和淑珍是不喜欢参与年轻人聚会的，我们喜欢清静，不愿意给人添麻烦，但对他们却是难得的例外。大伙说说笑笑，把盏更酌，真乃人生一大乐事！

写到这里，不由得想起当年我曾献给一中校庆的两句话："莫道世上黄金贵，当言人间情义真。"情暖人心，岁月流金啊！

老来乐

前面说过，淑珍退休后在县人民法院整理档案三年。不久，被老同事蒋凤菊邀请去学打门球。淑珍在县公安局门球场训练时，见到了原女中的同学颜秋珍、陈光楣、陈光珍、马玉英、张长安、谢玉英等。球场的相逢，别有韵味，说说笑笑、欢乐无比。马玉英的丈夫张久进看到了，很为这些老姐妹的相逢高兴，就建议她们成立一个门球队——学友队。张久进原是公安局副局长，现为沅陵县门协主席，他一开口，大家自然叫好。立即同意组队，大家议定全淑珍任队长。淑珍不肯就任，说自己才进入球场，什么都不懂。但大家执意让她当队长，说："你是个聪明人，当年是班长，还是学生会主席，能带一班人，这点小事，还不成么？绝对没问题!""你别推辞了，队长就是你!"

淑珍盛情难却，只好走马上任，这队长一干就是两三年。后来，门协要求按单位组队，县委政府机关成立了县委门球队、政府门球队，淑珍被县委门球队召回，并继续担任队长。谁知道，这一干就是十几年！直到现在八十多岁了，还是队长，辞也辞不掉。真可谓人老心不老，精气神还是十足，我对此是佩服不已！

乐开怀

2001 年，我也彻底离开了教坛，在她的劝导下，加入了一中门球队。你还别说，打门球确有其乐。从此，我们二人都上球场，同去同归，相伴相随。天天与门球打交道，渐渐地喜欢上打门球了。一入球场，诸事皆忘。练球赛球，球中有乐，心情舒畅。我还曾写了一首打油诗：

夕阳晚照好时光，悠游潇洒上球场。
古稀大姐穆桂英，杖朝老汉黄中郎。
妙招独有人称羡，绝技无双众颂扬。
德高风正尤可贵，体健心怡寿而康。

（注：黄中郎指老将黄忠）

另撰一联：

上联：赛门球输赢同乐情谊重
下联：玩棒槌胜败俱欢寿福长
横批：欢乐共享

玩球之余，我们还与几位情趣相投的老朋友一起搓麻将。东南西北，红中白板，二五八、三六九，清四碰，暗七对，排列组合，花样繁多。牌搓上手，乐在其中，真是日常生活中的一块新天地！

有一年三八节，县门协组织妇女门球赛，淑珍前往胜利公园门球场竞赛去了，我一人在家闲着无事，凑了一首打油诗：

阳春三月鲜花放，老伴悠游上球场。
夫子家中也有乐，赏花听曲读文章。

读书的确是一大乐事。我打了五年门球，动脑动手，玩起来还真有点乐趣，且能强身健体，后来我患了高血压，尽管不是很严重，但赛球时容易情绪激动，患得患失，对血压稳定很不利。有位医生朋友劝我还是“金盆洗手”，我就放弃了这项有益身心的活动了。玩麻将虽然对锻炼脑子有好处，但朋友的牌局一般时间较长，坐久了，对身体也未必是好事，因此，我也较少参与。于是，就剩下读书这一嗜好还跟着我了。

读书，我倒是乐此不疲。

我最爱读的是名家名篇，如北大教授季羡林的《谈人生》

《谈佛》；国学大师南怀瑾的选集，共十大本，我孙子给我买的；还有佛学家星云大师的作品等。我的闲暇时间，常常是跟他们几位作伴。

有位先生说“书香伴流年”，我深有同感。他说：“书香伴流年，岁月如花开”，“心灵如明镜”，“书卷多情似故人，晨昏忧乐每相亲。”坐拥书斋，纵目古今，乐在其中。总之，做自己喜欢做的事，其乐无穷！

古稀宴

2004年12月11日（农历十月三十日）是我70岁生日。长子金平为我举办寿宴。宴席设在沅陵城物贸大厦宴会厅。上午十时许，亲朋好友，各路宾客陆续进入大楼。十时三十分，古稀寿宴正式开始。

我和淑珍步上高高的讲台就座，亲属宾客齐集台下。主持人宣布，寿宴开始！鞭炮轰响，鼓乐齐鸣。生日祝福歌响彻整个宴会厅，好不隆重！

鼓乐声中，长子金平、次子金安首先向老爸三鞠躬，接着是两个孙子金轮、金昊在老祖宗面前磕头致礼。全场响起了热烈的掌声。

接下来我弟弟金钦明双手捧着一个大托盘，托盘上放置着一朵红绸扎成的大红花，向老哥祝福行礼。场上又是掌声雷鸣。然后是我与淑珍双方的亲属一一按顺序前来致礼，我的妹妹金蕙芝、张尧卿夫妇，姐夫张儒生，堂妹金翠之，淑珍之妹全清珍、全华珍、弟弟全必达、全必军，堂兄金述怡夫妇，堂弟金学明等，亲家黄生宝、程安琪夫妇也前来贺寿。

这个过程持续了大约半个小时，隆重、庄严，秩序井然，让我们深切感受到了大家庭的亲情和睦、长幼有序，感受到了中国传统礼仪文化的博大与亲和，心中涌动着万千感慨，仿佛历历前尘往事都一齐在眼前蔓延伸展，叠影斑斓，我本来就激动紧张的心情在此刻，倒变得非常平和、满足了。我想到了自己的一生，想到了与老伴一起抚养子女的漫长岁月，那些人和那些事，一一在眼前浮现。

这时，只听得主持人大声宣布："现在请沅陵一中校长瞿东升同志致贺词！大家欢迎！"又是一阵掌声的波浪，蔓延开去。瞿东升原是一中高二十九班的学生，平时对老师也极为尊敬。今天走上讲台，他先庄重地向寿星一鞠躬，然后转身朗声道："各位朋友、各位来宾，今天是我们金老师的七十大寿，请让我代表一中全体师生向他老人家表示最诚挚的祝贺，祝他老人家福如东海、寿比南山！"台下掌声不断。座中最多的是一中的老师和往届的学生，今天前来祝寿的就有高二十九（三）班的几十位校友，我曾是他们的班主任。

瞿校长继续说："金老师来一中工作四十多年了，工作上兢兢业业、勤勤恳恳，业务上精益求精、一丝不苟，深受师生敬重。他为人师表，严于律己、宽以待人，在一中师生中享有较高威望，值得大家爱戴！祝金老师健康长寿，与师母百年偕老！"经久不息的掌声。

主持人说了声谢谢大家，接着说："下面请我们今天的主角，老寿星金老师讲话！"

我站起身来，向大家深深鞠躬致谢，然后说道："刚才听到一中领导满怀深情的讲话，心里很激动，也很感动！有许多话想说，但又不知说什么好。古人云：人生七十古来稀。我要说，在今天的中国，活到七十不稀奇，八十、九十也很平常！国泰民安人长寿，家和心宽体健康。现在是太平盛世，老百姓安居乐业，丰衣足食。我们这些老年人住的是高楼大厦，穿的是现代时装，用的是手机电器，吃的是四菜一汤。真没想到，我们的晚年能过上这样的好日子！这要感谢党和政府，使我们的基本生活有保障！我还要特别感谢一中的领导和老师这么多年来的关怀和照顾，要感谢今天前来祝寿的兄弟姐妹们对我们的关爱和帮助，更要感谢已经毕业多年的学生们，三四十年了，还没有忘记我这位老师、当年的班主任。这使我非常感动！给了我精神上的极大安慰。我还要感谢我的家人对我的亲情、深爱。人间自有真情在，还想再活五十年！……最后，祝愿大家生活美好、家庭幸福！万事如意！身体健康！谢谢大家！”（原稿尚在，此为摘录）

寿礼至此结束，寿宴正式开始。宴会厅里高朋满座、宾客云集。前来祝寿的大约有五六百人，六十余席。觥筹交错，人声鼎沸，喧闹热烈的氛围，令人动容。我只不过是个普普通通的老师，这样的礼遇让我受之有愧！假如搁今天，说不定还说是违反了八项规定呢！那会儿人的思想单纯，来贺个喜也就是为了表达心中的师生情、兄弟谊，同事的问候、领导的关怀，扯不上啥腐败铺张，真好！

还要特别提及的是高二十九三班的学生，他们毕业已经三十年了。在班长李红兵的邀约下共二十余人，从全国各地赶回沅陵为我祝寿，真使我感念不已。一般来讲，学生记住老师容易，老师记住学生较难，我叫得出名字的有彭基硕、符瑞兰、杨德茂、石盛富、黄卫星、张昌权、苗建辉、向英、童桂英、史建明、张少英、宋宗清、陈开珍、胡海峰、黄水生等。（有的已经记不清了，请谅解!）我们坐在一起，举杯庆贺、笑逐颜开。客人先后离去，而我们则忆往昔数今朝，一直谈到下午六时许，才依依惜别。学生们还想邀请我去宾馆和他们一起住宿，一起畅谈，考虑到自己的年纪，还有一大帮子亲戚在家恭候呢，就婉言谢绝了学生的盛情。

学生们还一起送了我一件非常珍贵的礼物：一个贵重的金戒指，上面刻了一个“福”字。他们的这份心意和美意，一直让我感受着一种师生之间特有的情感和温暖，也是我从教这么多年一份珍贵的记忆。

另：钦明弟送了我一套“三言二拍”，共五卷，每每翻阅，怡然陶然，也每每掩卷而常常想念远在郑州的弟弟。

钦弟寿

2008 年农历三月十二日，是钦明弟七十大寿。我和淑珍、姐夫张儒生、学明弟、弟媳张如江以及住在长沙的妹妹金蕙芝、妹夫张尧卿七人同赴郑州为之祝寿。女儿金琼也同时到达郑州为叔叔拜寿。

大家齐聚一堂，格外亲切，人生一大幸事啊！

第二天上午七时许，一大家子人来到中原路一酒家举行庆典。郑州不像沅陵，寿礼可以燃放爆竹、演奏乐曲，这些都简化掉了。这时，寿星坐北朝南，上首，夫人偕坐；客人依辈分、年龄依次入座。我和淑珍坐在钦明身旁，姐夫与钦明对座，蕙芝、尧卿、学明、如江分坐两侧，金琼依辈分与金涛、小英以及两个侄女等坐另一席。

庆典开始，寿星自然还是要发表感言的。钦明长子金涛发话："今天是我父亲七十大寿，伯伯、叔叔、伯母、婶婶、姑姑、姑爷、兄弟姐妹们都来祝寿，我们全家热烈欢迎、万分感谢！"

大家也热烈鼓掌。然后，金涛向父亲深深鞠躬，祝福父亲健康长寿，大家又是一阵喝彩与掌声。

接着是寿星讲话。钦弟头戴寿星帽，身着新装，站起身来准备发言。大家齐声说：“不必站着，就坐着说吧！”他慢慢坐下，满怀深情地说：“今天我七十大寿，你们远道而来为我祝寿，我感到万分荣幸。兄弟姐妹情谊重，使我终生难忘！”

金福明（右）、金钦明（中）与金学明（左）三兄弟合影

说罢，情绪激动，后面的话一时想不起来了！大家见此情景，赶紧劝他打住。金涛见他平静下来后，笑呵呵地说：“下面请大伯讲话！”

我见自己已经被点将了，就说道：“人生七十古来稀，钦明弟今年七十，值得热烈庆贺！我们从家乡赶来祝寿，也是一种共同见证，一种手足情谊。虽然路途遥远，但现在交通方便，两天就到了。我们祝钦明兄弟福如东海、寿比南山。家庭幸福、生活美满!”

此刻的发言，离我本人过七十大寿已经三年多，当年的情形还历历在目，时间又已经飞逝几年，不由不让人感慨万千!那时候，钦明弟还手捧托盘向我走来，把大红花献给我……

为了助兴，姐夫、蕙芝、学明、金琼等也都一一说了几句。满是祝福满是欢笑。这些亲戚都是从天南地北汇聚到此的，一年到头本来见面就很少。像金琼和金涛，高中都是在沅陵一中念的，毕业后就天各一方，整整二十年了，再也没有见过面。所以，乍一见，分外亲切，说不完的话，问不完的别后各自的变化与生活经历。

当晚，先在钦明家叙谈，几姊妹玩了几圈麻将，欢乐异常，很晚才分作几处安歇。第二天，早餐后就乘坐金涛早已安排好的两辆小轿车前往白马寺、开封府和少林寺参观。

首先到达的是白马寺。这座汉地最早的佛寺，如今还保存完好，也算是个奇迹。进入佛寺内，殿中壁画、菩萨、雕像引人注目。我们细细观察，默默阅读图片资料的说明文字。同去的有的买佛珠，有的买佛像，各有心仪，各有所得。

然后我们驱车到了开封府的包公祠。整座建筑宏伟壮观。进得祠中，远见一高大威武的包公塑像，内心涌起无比敬仰。他当年为开封知府时，执法严峻，当时称为“关节不到，有阎罗包老”。我们站在塑像前沉思良久，鞠躬致敬。这位清官典范，令人崇敬。多么希望他长留世上，以保天下太平。

2008 年与钦弟一家在郑州合影

紧接着赶往少林寺。一下车，只见游人云集，排着长队入场。入寺后，我们听着讲解员的讲解，依次慢慢前行。少林寺西北约两公里五乳峰下，有一深约五米，宽约三米的天然石洞，人称“达摩洞”。由于达摩面壁年深日久，竟然在石壁上留下了一个面壁姿态的形象，人们称其为“达摩面壁影石”。相传禅宗始祖达摩曾对着此石面壁九年，最终得道成佛，禅宗也因此而在中国流传几千年，至今不衰。后来，寺僧唯恐影石消失，便凿下影石搬回少林寺供奉。我对这块特殊的石壁很感兴趣，就忍不住细细观摩品味。

出寺后来到塔林。记忆中第一次见到塔林，是在当年李连杰主演的《少林寺》里，这是少林武僧们练功的地方，塔林的出现伴着和尚们披着朝霞、踩着晨露勤学苦练的身影。

这会儿已是太阳偏西，在绿树的掩映下，塔林半披金光半掩阴影，塔身赭黄色。造型丰富多彩，底座有正方形、长方形、六角形、八角形、圆形等，塔身则有柱体、椎体、瓶体、喇叭形；式样繁多，有单层单檐塔、单层密檐塔、印度窣堵坡塔和各式喇嘛塔等，且层级高低不齐，参差错落，一般从一级到七级不等，且只能是一、三、五、七单数层级。为何会如此呢？原来，少林寺塔林是少林寺历代和尚的坟墓，凡是在佛教界有名望、有地位的高僧圆寂后，后人便将他们的骨灰或尸骨放入地宫，上面造塔，以示功德。因此，高僧们生前的功德高低、佛学造诣的深浅、弟子的多寡、经济状况等，则决定了塔的高低、大小和层数的多少。此外，层级只有单数则与我国古代的建筑习惯有关，也暗喻了佛教的六根清净不成家的意愿。塔林里有自唐代到清代的历代古塔232座，为综合研究我国古代砖石建筑、雕刻艺术、宗教承传、武术历史提供了宝贵的史料。

我在寺外小摊上买了一本《菩提达摩四行论》以作纪念。

在钦弟家盘桓了数日，其乐融融。在此期间，淑珍和女儿金琼前往西安看望金轮。金轮是我们的长孙，他那时正在西安的陕西科技大学设计学院就读。我因为有高血压，便没有陪同她们一起前往。

金琼陪同母亲在西安转了两天。去了一直想看看的秦始皇兵马俑、秦皇陵、大雁塔、小雁塔以及张学良、杨虎城二将军囚禁蒋介石的骊山。据金琼回忆，和母亲的旅游很是惬意。一来一直没有时间陪母亲到处转转，这回有时间了，很珍惜这来之不易的出游机会；二来，西安这座历史文化名城有许多值得好好参观和体味的去处。兵马俑和秦始皇陵是每个注重历史文化的旅游者不可能错过的地方。而西安那会儿的交通也很方便，司机很实诚，载着两位游客转悠了一整天，七八个小时，才收她们220元钱。这搁现在是绝对不可能的事！

她们到达金轮的学校时，已经是薄暮冥冥了。金轮那会儿已经是大四的学生，个子高高的，但比较瘦削，微黑，精神倒是很好。见着人就很腼腆地笑笑，儒雅有教养的样子。亲人相见很亲切，一起吃了个便饭，又沿着学校的操场走了一圈，聊着家常，无非是好好学习、保养身体之类。

淑珍、金琼与金轮在陕西科技大学校门前合影

临走，淑珍便给了孩子几百元钱，金轮懂事，一开始直说有钱呢，父母寄的，后来，却不过姑姑再三坚持，便收下了。淑珍说，挥手再见时，竟觉得眼角湿漉漉的，觉得一个人待的城市未免有些孤单寂寞吧？其实，孩子并没有我们的伤感，挥挥衣袖，很镇定很开朗地笑着说："奶奶、大大（姑姑）多保重！一路平安！"便隐在校园林荫道来来往往的人流里，一下子就找不见了……

杖朝庆

2014 年农历十月三十日，我八十寿辰。女儿金琼、儿子金安均于二十九日赶回我们位于沅陵县教师新村的家。这两个如今已经为人父母的儿女，见面就“斗嘴”不断，还像小时候的“互不相让”一样，家中顿时热闹非凡，个个笑逐颜开。

金安夫妇先到，早已做好晚餐准备，带来精美食品。老伴淑珍、长子金平，在厨房内外忙个不停。这么多年了，只要是家庭的大聚会，都是老伴负责总体部署、安排，以前她还要亲自上阵做菜，后来长子就担此重任，下厨操作了。不过，按照孩子的说法，关键性的、代表性的大菜，还是老妈掌勺时，更可口、更地道、更见水平。我自然觉得都很不错，但是老伴似乎对孩子的说法更中意。所以，时不时地，下厨亲自指挥得更带劲了。

八十寿诞夫妻合影

金琼到时，已是满桌菜肴、酒香满屋了。按金安的说法，今天是过年标准，十二菜一汤。鸡鸭鱼肉样样齐备，还有上好的茅台助兴。先是老三金安发言祝酒：“各位安静、安静！今天是老爸的八十大寿，我来讲两句祝酒词！只说两句话：第一句话，高兴！今天是个大喜的日子，爸爸八十大寿，身体健康、满腹经纶，我们儿孙辈的看着就高兴！第二句话，祝福！亲在而子养，我们大家都是从——嗯，不说五湖四海，也算四面八方赶回家来为老父祝寿，这是我们做晚辈的福气！我代表几姊妹、几个孙辈衷心祝愿爸爸福如东海深，寿比南山长！祝老妈身体健康、万事如意！来来来，大家干一杯！”

全家福

老三原本话语不多，后来在部队后勤处干了两年，长本事了，经常是口舌生花、言谈有据。层次、逻辑、语言水平，都很有长进啊！我和老伴也是喜在眉梢，这年头，交际也是一门学问，不求孩子如何发达，会说话总比木讷强！

酒过三巡，欢声笑语，我和老伴看着子辈、孙辈们和和乐乐，心中涌起百般感慨，千种思绪。这日子可不就是越过越有味、越过越年轻了吗？因此，我顿了顿，朗声说道："今天，见到你们个个有出息，健健康康、和和美美，我们做父母的是倍感欣慰啊！俗话说得好，家和万事兴——你们都看到了，我们家客厅里也挂有这幅字，这是家庭兴旺的根本！衷心祝愿你们家庭幸福、事业有成！"

又是一阵碰杯声、饮酒声、劝菜声、嬉闹声。三个儿女长这么大了，年年相聚都是亲亲热热，少一个都觉得牵挂对方，这样的全家相聚总能让人倍感温暖、倍觉幸福。

吃完团圆饭，便是“规定动作”了——哈哈哈，知道我喜欢打两圈麻将，每次儿女回来都会和我们两老一起玩一两个小时，边玩边聊边斗嘴，其乐无穷！时间往往瞬间即逝，好不快乐！

在我家，晚辈与长辈打麻将叫作“敬老麻将”，就是对老人实行优惠政策。第一，不准捡老人的炮；第二，老人遭自摸只需给一半筹码。这两项保护措施使得我跟老伴基本上立于不败之地，有时候还可以小赢一把。不过，往往是赢得一笔筹码，最终却以几个哈哈结算。今天，酣战了两个多小时，我和老伴轮流上场和孩子们一试高低。期间，斗嘴逗乐，比打麻将本身还要热闹不知多少倍。至晚上 11 时许，才休战就寝。

第二天，10 月 31 日，清晨一早起床，子女们纷纷送上祝福，几个孙儿也从外地打来电话祝寿。弟弟钦明、妹妹蕙芝等也都一一来电贺寿，我也喜滋滋地回谢。八时许，大家一起去李三粉馆吃沅陵特色小吃，什么猪脚粉、牛肉粉、三鲜粉、猪脚板板儿、米豆腐等，各自依自己的口味挑选。子女们为我挑了一大碗长寿面，我美美地享用了一番。

当天中午，住在沅陵城的亲戚陆续赶到。下午二时半，隆重的寿宴开始。老伴宣布寿宴开始，第一项就是寿星致辞。虽然有过多次盛大场面讲话的经验，我还是抑制不住激动的心情，用较为高昂的声调说道：“人言七十古来稀，我说八十很平常。彩霞艳丽夕阳好，吉星高照福满堂！”家人们很热烈地鼓掌。“请大家端起酒杯，我要衷心地祝福大家幸福、美满、

如意、安康!”(掌声再起)

接着淑珍和儿女纷纷向我祝寿，孙辈的子冠和曾瑜敬酒。淑珍和我一同祝福大家“家和万事兴”“幸福又安康”!

顿时，整个屋子呈现一片欢乐、祥和的氛围。

以上是第一个高潮，第二个高潮就是一家亲人移步八一照相馆合影。入馆后由摄影师安排就座，大儿媳紧靠婆母坐在右侧，孙媳妇曾瑜坐我左侧。二儿媳冬芳、次子金安、长子金平、女儿金琼、孙子子冠依序从左至右站在后排，留下了珍贵的影像。

一时兴起，家庭成员又重新组合排列，合影留念。淑珍和我照了一张，都喜形于色。金平等五兄妹合影，个个笑得合不拢嘴。

我自撰杖朝寿联一副：

福人福寿常幸福，明眼明心永光明。

该联已由老兄金述怡写好，如今就悬挂在我的书房里。笔墨厚重，满屋生辉。

光阴荏苒，时光飞逝。转眼又是老伴淑珍的八十大寿。2015 年农历 2 月 16 日这天，高朋满座、宾客盈门，儿女皆至、弟妹全来，又是一轮热闹喜庆。

保留传统就是大合影。自从孩子们提出每年的生辰庆典、节日聚会，都要留下岁月的影迹以来，我们每次大小聚会都齐齐整整跑到照相馆照个全家福。还别说，每次细细端详照片，当时的情形就历历在目，永难忘记。这也是一种记忆的方式，一种增强亲情的手段。家人对此都心照不宣、积极响应，留下了许许多多美好的瞬间。

这一回，淑珍那边的弟妹很齐心，全部来沅陵为姐姐祝寿。淑珍自然是喜在眉梢、乐在心中。淑珍和我坐前排正中间，左边是其大弟全必达、二妹夫全鸣和，二弟全必军；我的右边是二妹全清珍、三妹全华珍。

第二排自左至右依次为儿媳高淑云、陈冬芳，女儿金琼，淑珍侄女全松娥、全松英，后排中间是金平、金安，他们身旁是淑珍的几个侄孙。阵容可观，规格不小呢！

下午五时许，在沅陵县教师新村大门外的滨江望鸣轩举行寿宴。寿星淑珍首先致辞，她对来宾表示热烈欢迎、深致谢意，然后缓缓地谈起了自己的人生历程，与子孙辈共勉："我这一生经历了很多事，道路也比较坎坷。先由百货公司营业员转入政府部门，在农村人民公社当了二十年妇女干部，后调进沅陵县妇联工作，直到 1993 年退休。虽未能创建功绩，却也为沅陵县的妇女工作做出了一点应有的贡献。现在我八十岁了，日子过得平平安安、幸福美满，感谢弟妹们的照顾关心、感谢子女们的尊敬孝顺！"我们听者也都深有感慨。淑珍一辈子不容易，用今天的话说，也算个"女强人"了！

作为老伴的我，心情激动，当场献上一份特殊的礼物——呵呵，赞美联一副：

淑人淑茂千秋淑，珍宝珍华百世珍。

怕在座的一时弄不清我要表达的意思，我还略作解释：淑人，就是善良之人；淑茂，美好俊秀之意；千秋淑，即永远温和仁厚。仁者长寿，寿比南山！珍宝，珍贵、纯净；珍华：珍贵华美；百世珍，永不衰老、永不褪色，永远光耀如新！说完后，大家赞不绝口，觉得文采斐然，不愧为语文老师。哈哈，其实我也是应景开心而已！

此联后亦由金述怡撰写，现悬挂于我家书房，中间是1936年8月1日我和淑珍的俪影照，与我的那幅寿联两两相对，相得益彰。

钻石婚

人世间的悲欢离合、喜怒哀乐看了大半辈子，什么事都能看开、什么都能处变不惊的年纪，估计就是我们目前的样子了。

眼前是那张六十年前的合影，六十年前的青春、朝气、活力、梦想都在眼角眉梢跃动着，在浅浅的酒窝里盛着，在含蓄的笑容里藏着，在鲜亮明媚的脸颊上映现着。1936 年 8 月 1 日，这个日子是我们一起在沅陵县城中南门留下“俪影”的日子，后来也就成了我们的结婚纪念日。

早就计划着今年的结婚纪念日活动了，因为今年是我和老伴走过了婚姻的第六十个年头的日子，俗称的“钻石婚”。其实，也没有什么特别的活动。我平日里每天的日程安排无非是，一大早起床做做晨练，早餐后翻翻报纸，然后“午休”一个小时左右。这是我们两老新的作息时间。醒来后，便是看看自己买来的南怀瑾、季羡林、巴金的著作，还有佛教、易经、养生方面的书籍，有心得时便拿出笔记本写写画画，也没有什么目的，就是一点心情文字罢了。

老伴的事情相对多一些，吃过早餐后，她要去菜市场买点菜蔬回来。做饭一般是老伴的任务，我时不时因为“特殊需要”才煮个饭，炒菜这样的精细活一般是不用我做的，择择豆角、削削黄瓜、洗洗白菜这样的粗活，我倒可以充充数。

要说外出吃饭或者郊游之类的活动，我一般不大感兴趣。在外面吃饭，湘菜主辣，年轻人无辣不欢，我们老年人的口味正好相反，是见辣不欢，不是不喜欢，是不能喜欢，一吃就上火就坏事，只好忍痛割爱。因此，第一条出去吃饭庆祝之类的安排自然免了。第二条外出郊游，由于体力的原因，坐车本来就容易劳累，加之外面的卫生条件哪里有家里方便呢？老年人自然更愿意“宅在家里”。因此，今年的钻石婚庆典，其实我们也就是在家里吃个团圆饭，再完成一个规定动作——去照个六十年结婚纪念照也就差不多了。简单经济又有纪念意义。

因此和老伴一商量，还是老办法老规矩。

说实话，早就盼着孩子们回来好好聚聚了。老大金平就在身边，隔三岔五地过来和我们两老一起吃吃饭、打打牌、聊聊天，可老二金琼、老三金安他们一年到头在外打拼，只有节假日才可以回来一聚。年纪大些了，就喜欢和孩子们多聚聚，以前不大提起的话题，现在和孩子们聊一聊；以前一本正经、严肃认真的态度，也转换成如今和孩子们随意相处、宽容忍耐的态度。

总之，“慈祥”二字越来越成为我和老伴如今的性格态度和处事法宝了。凡事不大计较，凡事宽和看待。子女们都大啦，大的 54 岁，小的也 47 岁了。我们面对的已经是中年子女，而不是幼稚少男、青葱少女了。看着孙子辈们的样子，才恍悟人生一代代的承传原来就是这样的现实样态，不免既万分熟悉又倍感惊奇，产生一种恍惚感。几十年前的孩子们的样子，往往与眼前的孙子们的面影重叠在一处，几十年也真的就是弹指一挥间啊！因而，角色有时候还是没有完全转换，总觉得子女们很多地方不成熟，很多习惯不健康，忍不住善意提醒与规劝，即便收效并不尽如人意，也还是乐此不疲。天下父母应该都是这样的心态吧！

女儿曾感慨地说："爸妈你们俩的婚姻真是让人敬佩，两个人一直互相肯定与支持，大事上从不对立和争吵，太难得啦！我们现在的样子，哪一对不是叽叽歪歪爱争吵的？而且从来是公说公有理，婆说婆有理，针尖对麦芒。想想就凌乱！"我不知道这"凌乱"是何意，就问个中缘由，一听解释，原来是"没有最乱，只有更乱"，事情没解决，反倒互相添堵、添乱。哈哈哈……

如果要我回忆这几十年走过来的婚姻历程，总结我们之所以直到现在还相敬如宾、相濡以沫的诀窍，我觉得，夫妻之间，还是要以赏识为主。我欣赏的是淑珍不服输，不向困难低头、不向不良意识和倾向低头的性格。公社生产队蹲点也好，"文革"中受排挤挨整也好，都没有摧垮她的意志，刚毅坚强、吃苦耐劳。她呢，敬重我是个知识分子，知书识礼、文质彬彬、清静为学、老实为人。我们之间遇到原则性的大事，基本没有对抗和拆台的做法。

再则呢，我们大事上不迷糊，小事上装糊涂，人生诸事不计较。这主要适用于我，很多事情，淑珍能干，完全能够独当一面，那就让她全权做主，我也乐得清闲自在。比如，柴米油盐、待人接物方面的事情，她都是一人"大权独揽"，顶多也就象征性地征求一下我的意见，我呢，最后的意见就是“没有意见，很好啊！就这么办吧”！

对了，婚姻家庭的维系除了互相欣赏、不计较以外，还有一个培养孩子的重要内容，那就是需要让孩子从小有一定的目标，要知道自己将来想做什么样的人，并不是非要定下将来要做科学家、小说家、政治家、改革家的宏伟目标，但大致知道自己要往哪里去，基本的准则与观念是必须要好好树立的。在实际教育过程中，我们从来都是集体红脸、白脸，没有一个批一个护，一个严一个宽的，要批就一齐批，要严也一致严，该表扬时表扬，该批评时绝不含糊，言语一致，步调一致。否则，对家庭、对婚姻只能是负面影响。长此以往，肯定影响感情、影响夫妻价值认同度。这是我多年来的感受与心得。今天既然要回顾自己的婚姻历程，也就将以往并不明晰的“婚姻经营法”和孩子们共享了。

钻石婚当日全家福

想到孩子们不断强化我和淑珍婚姻的“成功学”，我就有点忍俊不禁。人生哪里没有磕磕绊绊，哪能没有深礁险滩呢?可以说境遇是最能考验人的，相互的理解、扶持和欣赏，自身的不断完善和努力，才是婚姻可以持续向着更稳定、更圆融的方向前进的内在动力。哪一方放弃这样的努力，到头来都会对婚姻造成极大的损伤与危害。我同意婚姻如花朵的说法，花朵是需要爱护、浇灌的，一点一滴、行胜于言。

8 月 1 日这天，我们一家人相约八一照相馆。先是特意给我们两老照了个结婚六十周年纪念照。照片上的老伴穿了一件黄褐色花纹的上衣，黑长裤，手上还特意戴上了女儿给她买的金手镯。她说，只有重大节日的时候，才会把这个纪念物戴在手上，平时要做事，不方便穿金戴银的。我呢，一件乳白色短袖衫搭灰色长裤。两人笑容满面、精神矍铄。画面整洁干净，背后一扇小窗打开，两只可爱的玩具熊放在窗台上，旁边衬着些素雅的小花朵。两人的眉眼之间洋溢着一种发自内心的喜悦和安详。这真是一幅我们晚年生活的绝妙写照!

人生一辈子并不漫长，浮游于天地之间，辗转于命运的波涛之中，奔波于生活的琐屑之际，转眼间就是古稀，就是杖朝。但生活也好，命运也好，都会在人自身的强大的力量之下，变成一个你想要的过程，不怨不悔、不离不弃。可能由于看佛教的书多了，就更为达观和宁静的缘故吧，我感觉，自己一生不执念功名利禄，一个小小的语文科组长一干就是二十几年，不求闻达于诸侯，但求无愧于内心，还是做到了。所谓的一沙一世界、一叶一菩提，自身这么渺小，这么有限，何必纠结那么多尘俗与杂念呢?

老伴自有她欣悦的事物，浇浇花儿，弄弄几棵西红柿和茄子；我自有我的小世界，翻翻南怀瑾，看看易经，查查古诗的平与仄。然后，遇到我俩都感兴趣的好电视剧，比如前几年一起看《茶馆》《亮剑》《乔家大院》，近几年看《苍狼》《太行山上》《海棠依旧》，虽然都是主旋律为多，但一起回忆过去的峥嵘年代与平凡人的生活，的确是我们最感兴趣的。今天小青年的卿卿我我、轰轰烈烈，各种社会问题、道德问题的曲曲折折、纠纠结结，反而不对我俩的口味。说是老古董，咱就是老古董了，还是觉得认认真真叙事的故事有看头，还是觉得有些历史感的题材值得回味。

2016 年中秋节，人月两圆日，两个儿子带着媳妇回来一聚，女儿远在广州，这次没能赶回来。夜晚散步时，滨江路上晚风习习，赏月的游人三三两两，或坐于河边，铺上一层报纸或棉布，上面放着月饼、水果、汽水、红酒，一边闲聊一边观景；或不疾不徐地漫步河堤，从不同角度观望明月，根据各自不同的年龄与人生阅历，从记忆库中提取古往今来人们咏月的最应景的佳句："春江潮水连海平，海上明月共潮生。""明月几时有？把酒问青天。不知天上宫阙，今夕是何年。""不堪盈手赠，还寝梦佳期。""海上生明月，天涯共此时。"……

望着天空中高悬的一轮明月，回首八十载人生路途，从娃娃亲开始，经历生命中的风风雨雨，坎坎坷坷，到耄耋相守的整整八十年，我们的人生与婚姻，先是命里注定，之后同舟共济，然后相敬如宾、携手共进。从来没有因为家庭琐事纠缠不清，也从来没有因为价值观念不同而互生龃龉，虽有一些小小的插曲和斗嘴，但也仅止于此，很多时候，对于我们还是一种调节生活的方式，从不伤筋动骨，更不可能大动干戈。我们信奉的是：简简单单、清清明明；平平淡淡、真真切切。

我一直在思考着怎样为我们的婚姻家庭来个恰当的总结与评价，最后觉得夫妻之间的相伴相守、不离不弃，儿孙绕膝、家庭和乐才是美好幸福的根基，也谨以此作为《萤光》一书的结束语：

六十载相伴相随，风雨中不弃不离。
诚愉悦儿孙绕膝，最温馨钻石夫妻。

附录一

谈谈读书

同学们：

团委会的杨老师要我和同学们谈谈读书的问题。我当时说，同学们读了五六年书了，还不知道读书吗？要我来讲什么呢？杨老师说，他们虽然天天读书，但不一定明确为什么要读书，也不一定懂得怎样读书。你就讲讲这两个问题。我说，好，就讲讲这两个问题。

一、 为什么要读书

这个问题包含两方面的内容：一是读书目的，一是读书的好处。我们为什么要读书呢？因为我们同是炎黄子孙，将来要承担建设祖国的重任，要当国家的主人，假如不读书，什么都不懂，一问三不知，都是大老粗，怎么搞建设呢？怎么实现四化呢？革命导师列宁说，在一个文盲充斥的国家里是不能建成共产主义的。中国革命需要知识，建设也需要知识。知识从哪里来？是从天上掉下来吗？不是。是自己脑袋里固有的吗？也不是。知识来自两个方面，一是实践，一是书本。书是人类智慧的结晶，那里面什么知识都有，如天文地理、阴阳历算、理工农医、文史哲，无所不有，无所不备。你们看图书馆、新华书店那么多书，琳琅满目，使人眼花缭乱。那里真是知识的海洋、智慧的武库。你们是青少年，实践经验少，要获得知识，主要靠读书。况且人不能事必躬亲，什么事都去亲身实践，这既无必要也不可能。因此，要掌握各种知识，也只有读书。

总之，读书的作用大得很，好处多得很。

书能使人变成聪明。旧社会有句俗语：养儿不读书，如同养头猪。一身肥肉，蠢得要命。人得了蠢病怎么办呢？到人民医院请医生看，他会说，我也不会治这种病，我们这儿没有这种药。那怎么办？蠢死算了？有办法。我告诉你，你去找图书馆王老师，他一定有办法！什么办法？他有药。什么药呢？就是书。古人说："书能医愚。"的确，人一读书，就心明眼亮、通情达理。《三国演义》里的诸葛亮为什么那么聪明，那么神机妙算？从某种意义上说，因为他是个读书人！经史子集，无所不读；孙子兵法，烂熟于心。所以他眉头一皱，计上心来。诸葛亮的文章写得很好，陆游评价他："出师一表真名世，千载谁堪伯仲间。"一篇《出师表》闻名于世，千百年来谁能同诸葛亮相比呢？诸葛亮被人誉为智慧的化身，不是没有原因的。原因是什么？就是读了大量的书。当然，他还有较丰富的实践经验。他写有一篇《诫子书》，就是写给他儿子的信。信中说："非淡泊无以明志，非宁静无以致远。夫学须静也，才须学也。非学无以广才，非志无以成学。淫慢则不能励精，险躁则不能治性。年与时驰，意与日去，遂成枯落，多不接世，悲守穷庐，将复何及？"什么意思呢？用今天的话说就是：不清心寡欲就不能使自己的志向明确坚定，不静心思学就不能实现远大的理想。要学习就必须静心、要得到才识就必须学习。不学就不能使才识广博，无坚定意志就不能使学业成功。荒淫怠惰就不能振作精神，冒险浮躁就不能修养品德。这样下去，年龄随时光一道老去，志向伴岁月一起消失，于是就成为枯枝败叶一样的废物，大都不能济世，只好悲伤地呆守在自己那间小屋子里，后悔又怎么来得及呢？诸葛亮说得多好呀！他把读书与品德、前途、理想联系在一起了。这是很高明的见解。我们是生活在20世纪80年代的青少年，每个人都应当不断提高觉悟和增长知识。读书在这两个方面都能起作用。因此，我们要努力读书、发愤读书、如饥似渴地读书。

读书这样重要、作用也这么大。那么，怎样读才能取得好的效果呢？

二、读书的方法

读书忌"乱"贵"专"

据我所知，有的同学读书，不是以自己的知识水平和实际需要出发有选择地读，而是毫无计划、毫无目的地乱读一通。这种乱读的做法，很要不得，不仅违背了知识的系统性原则，而且不符合青少年认识能力发展的规律，其结果是白花时间，学不到东西。天天看书，都没有学到一个词、一句话，更谈不上提高觉悟。这种情况必须改变。古语说得好：“教之道，贵以专。”所谓“专”，就是专心致志地读，一心一意地学。每次读书都要有明确的目的，按一定的计划，读一定的书，力求学有所得。当然我们强调“专”，不是说不要“博”，只读一本、一种书，不及其余。而是说，要读了一本，再读一本，有选择地读，有系统地读。读了这一门，再读那一门。博览群书，熟读精思。这样，才能获得广博精深的知识。

读书忌“浮”贵“深”

有的同学读书，浮皮潦草，浮光掠影，一目十行，不求甚解。“浮”则必浅。你们看塘里的浮萍漂在水面上，根底不是很浅吗？

读书一定要仔仔细细地读，粗看三本，不如细读一本，要养成好习惯。如果马马虎虎地翻一翻，有些句子没看懂，书里的内容也有许多地方没弄清楚，甚至连些字都不认得，就算是读过了，也自然是印象不深、收效甚微。有些同学读一本小说，看了几页，就急于往中间翻，看下面的故事情节究竟怎样。中间才读了几页，就急急忙忙要知道故事最后的结局。等到翻看了结局，他就认为这本书已经“读”完了。这种“读”，其实是翻，自然过目就忘。因此，读书不能浮在表面，要沉下去，深入进去，开动脑筋想想：这篇文章讲的是什么，这样讲的目的是什么？它是怎么说的？为什么这么说？我还有什么问题要弄明白的？等等。

一本书，不论是薄的还是厚的，读的时候都要开动脑筋来读。所谓边读边想。读完了，还应该回过头问一问自己：这本书里讲的是什么？哪些自己弄懂了，哪些还不大明白？这样一琢磨，对书里的内容印象就深了，不大容易忘记。当然，已经熟记的东西，时间一久，仍有遗忘的可能。那又怎么办呢？“好记性不如烂笔头”。你就提起笔来写点笔记吧，“不动笔墨不看书”是个好办法。它可以使知识在你头脑里生根，而且使用起来也方便，一查就找到了。

读书忌“躁”贵“恒”

现在有一部分同学为建设四个现代化，为自己成才刻苦学习，拼命读书，精神实在可嘉。但是有一部分同学急躁贪多，急于求成。读书贪多，没有消化，得了“食积病”，好像吃下去蛮多，实际吸收的很少。这样，时间一长，会使人感到枯燥无味，逐渐失去兴趣，发展的趋势必然是一曝十寒，直至停读。所以急躁贪多有害无益。“一口吃不成胖子”。我劝大家不要急于求成。

俗话说：“人贵有志，学贵有恒”。所谓“恒”，即恒心，就是长久不变的意志，坚持不懈的精神。恒心是达到目的最近的通道。希望同学们持之以恒，锲而不舍，长年累月地读下去，十年八年，一定会取得显著成效。你们中间一定会涌现出不少品德高尚、学识渊博的人！

同学们，努力读书吧！

附录二

《脚印》一书跋

喜读《脚印》（七十自述），深深为方老先生自强不息、奋力拼争的精神所感动。他如今年逾古稀，“退而不休，自我奋蹄”，猛志犹在，壮心不已。真乃吾侪楷模，后学良师。

方老先生出生在20世纪20年代。当时中国社会处在大动荡、大转变时期，注定了方老要背着沉重的因袭包袱和面临新旧思想矛盾的冲突，为着安身立命，不得不使出浑身解数去拼搏，即使碰得满身满心的伤痕也不能趴下。然而方老处之泰然，他说：“历史走了‘之’字路，个人哪能说没有坎坷?”的确，在他的人生旅途中，既有峥嵘岁月，也有平淡时光，既有惬意的乐事，也有锥心的痛楚。但方老既未在顺境中陶醉，也未在逆境中消沉。他总是挺起胸，抬望眼，一步一步向前走去。

他追求真理，渴望光明。年少时外出求学为谋个职业，20

世纪50年代为救国图存投笔从戎，走上革命征途后，踏踏实实干工作，勤勤恳恳为人民。他先后担任行政干部十余载，忧在国家先，乐在百姓后，把全部的爱献给了芙蓉国（方老大学毕业后随四十七军南下湖南，扎根湘西，至九十年代离休）。他教书育人三十个春秋，像园丁辛勤地耕耘苗圃一样，把自己的精力与血汗，毫不保留地奉献给了祖国未来希望的寄托者身上。他以此为骄傲和荣光。直至二十世纪九十年代，退休离职。人老心不老，再谱余热歌。

他南下的脚印，虽有深有浅，有疾有徐，但不曾有过退缩，也不曾有过后悔。哪怕途中荆棘丛生，历经坎坷险阻，依然昂首前行。真可谓百折不挠、义无反顾！这种生命不止、奋斗不息的精神为我们树立了光辉的典范，将永远激励我们自强、自立，高歌猛进。

我是方老的学生，幸蒙教诲，终生难忘。他“堂堂正正地做人，踏踏实实地工作”的自律，已成为我立身行事的准绳。方老离休后仍笔耕不辍，著述颇丰。今《脚印》付梓，特为是跋，以谢师尊。

（注：方老指方思默老师，他是原沅陵县统战部长，原沅陵一中校长。）

金福明

1997年11月于天宁山

附录三

诗词自选

1. 颂名医龚福生

本诗颂老中医龚福生，系张家界中医院特级医师，人称“当代华佗”。

学海书山苦求索，
名医一代自攻修。
回春妙手疗沉疾，
济世灵丹展巨猷。
德艺超凡众景仰，
言行人圣孰伦俦。
享誉杏林齐华扁，
师传平生风范留。

本诗载《五溪湖》1999年总第2期

2. 清明节抒怀

野岭荒原多寂冢，
清明祭扫炮声喧。
黄球绿带悬坟顶，
白纸红烛化墓前。
笑捧菜粥人间暖，
哭棰牛豕地府寒。
贤明后辈当知晓，
供品焉能到九泉。

本诗载《沅陵文艺》2012 年春

3. 诗二首

感怀

仰慕先贤不求荣，
安贫乐道一儒生。
尽心培育园中树，
桃李花开香满庭。

赠夫人

疏影清姿傲雪梅，
万花纷谢仍芳菲。
何须妆点深红色，
素艳怡然映春晖。

这两首诗载《沅陵文艺》2011 年夏

4. 寒士安居

梁倾瓦碎雨湿楼，浊水满屋流。七十二家房客，冻馁日夜愁。

阴霖散，旧宅除，起高楼。广厦万间，寒士安居，喜上眉头。

附言：六十年代，沅陵一中教师宿舍破旧拥挤，有一处被称为“七十二家房客”（系一情景剧名）。屋漏常遭连夜雨，“房客”苦不堪言。九十年代，舒易芳任校长后，大建新房，连修十余栋高楼，教师安居，举家欢颜。

1996 年 5 月

后 记

父亲的这本回忆录终于完工了！掩卷之余，除了无尽的遐思、真实的喜悦，还有深深的钦敬！

平日里，父亲最爱的便是看书，最惬意的便是逛书店。父亲是六十年代的大学生，一辈子从事教育工作，与书打交道自然是如鱼得水，深得读书之趣，深味读书之乐。寒暑假回家探望二老时，和父亲有过几次逛书店的经历。走进县城的几家书店，店主对父亲都很熟悉也很尊敬。父亲已是几十年的老主顾啦！他们很热情地招呼父亲，有什么新书也会及时推荐给父亲。父亲在书店比在其他场合更有神采，眉眼嘴角都是微笑和满足。遇见好书就像发现了宝贝，而把这些宝贝带回家，自然就是他最惬意的事情了！而且，他特别珍爱的书，都会用牛皮纸包得整整齐齐，遇到边角不齐整时，还会用小剪刀仔细地修剪，直到自己满意为止。里面做的眉批有蓝、红两种颜色的字迹，秀逸清俊。有的书他不止看一遍，末章还注明了看完的具体年月。此外，他不仅给自己买书，还给我和几个孙子、外孙买书。每每探家临走，儿子轩轩总会得到外公赠送的书。我也会得到父亲赠送的季羡林、巴金、曹雪芹、苏东坡等人的书，还有老子、庄子、孔子等先哲的书。尽管有些书并没有时间去细读，但父亲的爱书、惜书与赠书，给我留下了非常深刻的印象。

前些年，尽管父亲爱看书、喜买书，可自己动笔写书的欲望并不强烈。说来很有意思，父亲是在年届八十二岁的时候开始动笔写这本回忆录的。起初，父亲有些犹豫，一来觉得想法有些突然，年轻时没有写，年纪这么大了，恐怕体力和精力没有那么好，容易虎头蛇尾；二来觉得所述是陈年往事了，有些记忆不是很准确，有些显得较琐屑，似乎没有多少记载的价值。但是，涌动于心丝丝缕缕的情思，萦绕笔端久久不去的忆念，总是让他欲罢不能。往昔岁月，历历可追，更兼母亲的“加盟”，让父亲意兴渐浓，思路渐开，写作的劲头也就随之高涨起来了。

母亲的记忆力惊人，但凡她经历过的事情，大到观念意识，小到神情语气，母亲均能纤毫不差地进行还原。这样，从“娃娃亲”直到“钻石婚”的点点滴滴，便都有了一个亲证者；父亲对历史、对生活、对人世间沉沉浮浮往事的追忆与记录，便有了一份温暖又坚实的依靠。由此，这本书中许多父亲没有亲历的事情，是母亲口述、父亲笔录下来的，纪实性很强，可读性也很强。值得一提的是，母亲讲故事的才能一流，绘声绘色，引人入胜。毫无疑问，这一特质让父亲的写作获益匪浅。

为了这个写作计划，二老还特意让我在网上购买了一个袖珍录音机，便于母亲口述历史，父亲据实记录呢！后来，据父亲说，有些章节就是母亲头天和他一起回忆往事，第二天下午他伏案两个小时整理写作，然后二人边看边读边修改而成。这样的日子前后持续了大半年，尽管颇为辛苦，但也成了二人生活中最有意思最有意义的一件事：共同回忆儿时的青稚时光，共同回味人生的酸甜苦辣，共同回想国家历史、个人成长和家族故事……生活与生命中的那些感动、甜美、振奋、纠结、释然与超脱，都在二人的眼前、口中、心里重新过滤了一遍。生命，也仿佛因此变得更加丰盈与厚实。到后来，回忆录的写作，已经不再是一项枯燥而艰巨的工作，而是作为生活中一种难得的精神交流与享受了！

在写作的过程中，我还深深感受到了父母的认真、细致和善意。每每一个细节，几句话，都力求忠实于历史与生活的原貌。父亲写好后，母亲还戴上老花镜一页页地看，并将错漏一一标出、仔细说明。值得一提的是，父母觉得文中提及的有些不大好的事情的当事人，为保护他们的隐私，人名便一律改为化名，体现出对他人的尊重与善意。

父亲还特地将自己的打印稿交给同事兼好友舒易芳老师过目，并请他写序。舒老师见回忆录当时尚无书名，便欣然命名“萤光”，取其虽不轰轰烈烈，但亦温馨和暖，具有引人深思、促人奋进之意。父亲在几个初拟的书名中，最终选定了舒老师的命名，可见他老人家对舒老师意见的尊重和对“萤光”寓意的喜爱认可。舒老师不仅细细品读、认真查核了回忆录，且写出了长达万言的书评以代序。仅此，便让身为晚辈的我，深深感动，感慨良多！在此，对舒老师的辛勤付出致以诚挚的敬意与深深的感谢！

我们兄妹三人亦关注着父母亲这本回忆录的写作进度，并提出了一些完善意见。老大金平在内容删改方面提出了一些建设性意见，小弟金安则对封面设计提出了自己的见解与看法。嫂嫂高淑云担任联络大使，来往邮件和网上联络由她负责，还打印电子稿送给二老校对，并传达二老的校对信息给我。（后来，父母亲也学习使用智能手机，不久就可以通过微信查阅文件了！）我们还与父母一道挑选了一些具有纪念意义的照片附在回忆录中。弟媳冬芳也为照片选择以及编辑工作提出了很好的建议。可以说，一家人对这部回忆录都有着一种深深的亲切感和参与感，因为它也是我们一家人的光阴故事，我们共同的美好往事、成长印记和永恒瞬间。

借此机会，还要真诚地感谢暨南大学出版社的编辑和校对，你们工作细致、精益求精，给我留下了非常美好的印象！诚挚感谢所有对出版此书给予鼓励、支持与帮助的亲朋好友们！

在泰戈尔的《萤火虫》一诗中，小小流萤在树林中，在暮色里，快乐地张开了自由的翅膀，具有一种内在的力量，去抵御黑暗，播撒光明。愿父亲的这本回忆录，这本在光阴流转中捕捉到的岁月痕迹和珍贵记忆，以其幽远隽永的魅力，引领我们穿越岁月的尘烟，去体味丰富博大的历史与温馨朴实的人生。

金琼于广州云山居

2017 年 8 月 26 日